実験犬シロのねがい

もくじ

Episode:1

ぐっしょりぬれた
赤ちゃん犬

気持《きも》ち良く晴れあがった、秋の日の午後《ごご》だった。

東京《とうきょう》のはずれ、多摩川《たまがわ》の近くにある卓也《たくや》の家で、五匹《ごひき》の子犬が産《う》まれた。うす茶が二匹。白が二匹。最後《さいご》の一匹《いっぴき》は、白と茶色のぶち犬だ。

みんなそろって、ママのおっぱいをチューチューすっている。

卓也が、そっと犬小屋《いぬごや》をのぞきこむと、お母さん犬のエルフが、ほこらしげに顔をあげた。

「やったぞ、エルフ！　すごい、すごい」

卓也は、大の動物好《どうぶつず》きだ。

いままで、エルフのほかにも、猫《ねこ》のハッピー。うさぎのノソちゃん。金魚のデメくん。かめのゴキゲン。かえるのピョン。ざりがにのザリベー。と、ずいぶんいろいろな動物を飼《か》ってきた。

でも、五年生になったいまの卓也の一番の友だちは、おととし、千葉《ちば》に海《かい》水浴《すいよく》に行ったときに拾《ひろ》ってきた、メス犬のエルフだった。

エルフは、午後の焼《や》けつくような砂浜《すなはま》に捨《す》てられていた。ガムテープで、きっちり封《ふう》をされたダンボール箱《ばこ》に入れられて、海水浴場からすこしはなれた岩の下に、目立たぬように捨ててあった。

ぐうぜん、そばを通った卓也が「なんだろう?」と、近づいたとき、キュー、キューという、あわれな声《こえ》が中から聞こえた。いそいで開《あ》けると、かわいい赤ちゃん犬が、目に涙《なみだ》をいっぱいうかべて、ふるえていた。

潮《しお》がみち、ひたひたとおしよせる波《なみ》が、ダンボール箱を洗《あら》い、かわいい子犬のおなかは、すでに、ぐっしょりとぬれていた。

卓也は、そっと、子犬をだきしめた。

「よしよし、もうだいじょうぶ。ぼくが、助《たす》けてあげるからね」

子犬は、クフン、クフンと、小さく吠《ほ》えた。

手のひらにすっぽりおさまるほどの、小さな白い赤ちゃん犬だった。

卓也は、赤ちゃん犬を連《つ》れて帰り、両親《りょうしん》にたのみこんで、飼うことにした。

Episode:2

犬を飼うこと

でも、犬を飼うって、なかなか、大変《たいへん》なことなんだ。法律《ほうりつ》で決《き》められていることだけでもたくさんある。

＊犬を飼ったら、まず保健所《ほけんじょ》に登録《とうろく》して、鑑札《かんさつ》をもらい、いつも犬の首輪《くびわ》など、体に身《み》につけておかなければならない。
＊年に一度《いちど》は動物病院で、狂犬病《きょうけんびょう》の予防注射《よぼうちゅうしゃ》を受《う》けさせなければならない。
餌《えさ》や、水をあたえるのは、もちろんのこと、病気《びょうき》の予防《よぼう》。蚤《のみ》や、寄生虫退治《きせいちゅうたいじ》などの衛生面《えいせいめん》での努力《どりょく》も必要《ひつよう》だ。
＊犬の種類《しゅるい》や、発育《はついく》の状態《じょうたい》にあわせて、それにあった運動《うんどう》をさせること。
＊犬の数や、目的《もくてき》にあわせて、犬を住《す》まわせる施設《しせつ》をつくってやること。
＊散歩《さんぽ》にいくときは、いつも、つなぐ。はなし飼いは、ぜったいにダメ。
＊なにより大切なことは、ペットを手に入れたら、一生、愛情《あいじょう》をもって、

家族《かぞく》の一員《いちいん》として飼うこと。

いらなくなったから、増《ふ》えすぎたからといって、エルフのような赤ちゃん犬を、捨てるなんて、もってのほかだ。

このほか、しつけだって、飼い主《ぬし》の義務《ぎむ》だ。

犬の気持ちをわかってやらずに、よくない飼い方をすると、むだ吠《ぼ》えをしたり、人に噛《か》みつく悪《わる》い犬になってしまう。

毎日の散歩や、フンや、オシッコの始末《しまつ》も、ばかにできない作業《さぎょう》だ。

＊飼い犬のフンは、飼い主が、袋《ふくろ》に入れて持ち帰るなり、不潔《ふけつ》にならないように、土に埋《う》めるなりしなければならない。

＊オシッコも、よその家の塀《へい》にひっかけたり、小さな子どもの遊《あそ》ぶ公園の砂場《すなば》に、たれ流《なが》しにするなんてことは、ぜったいに許《ゆる》されない。

＊散歩をするときにも、飼い主の横《よこ》を、きちんと歩かせ、犬の好《す》き勝手《かって》に、

させてはならない。

交通事故《こうつうじこ》などの原因《げんいん》になることもあるからだ。

そのほか、病気や、けがの手当《てあ》てなど、すべてに、飼い主の責任《せきにん》がついてまわる。


このごろでは、こんな問題《もんだい》も起《お》こっている。それは、人間のあやまった夢《ゆめ》による、厳《きび》しすぎるしつけだ。

人間って、かしこい動物が好きなんだ。テレビなどで、芸《げい》をする、超《ちょう》おりこうなペットを見ると、「うちのワンちゃんも、しつけてみよう。もしかしたら、人気者《にんきもの》になって、いっぱい、お金儲《もう》けをしてくれるかもしれないぞ」と、朝から晩《ばん》まで、餌でつったり、むちでぶったりして、愛犬《あいけん》の訓練《くんれん》に夢中《むちゅう》になる。

犬は、もともと、人間のペットではなくて、自由《じゆう》に野山をかけまわっていた野生の動物だ。生まれついての、すばらしい習性《しゅうせい》が、どんな犬のなかにもひそんでいる。

それを無視《むし》して、めちゃくちゃな訓練をすれば、どうなるだろう。

耐《た》えきれなくなって、病気になったり、また、うまく自分をコントロールできなくなって、自分より弱く思える、小さい子どもや、動物に噛《か》みついたり、ひどい場合には、殺《ころ》してしまったという例《れい》もある。

五匹の赤ちゃん犬に、夢中になっている卓也に、お母さんはこわい顔をして言った。

「いい？　この子たち、ぜったい飼えないわよ。エルフだけだって、大変なんだから。ほんとよ。母さん知らないからね。どうするつもり？　拾ってきたのは、あんたよ」

「うるさいなあ。友だちにもらってもらうから大丈夫《だいじょうぶ》。心配《しんぱい》しないでよ」

「でも、五匹よ。ほんとに、もらってくれる人があるかしら?」

「オッケーさ! なあエルフ。こんなにかわいい子犬なんだもんな」

お母さんの心配には、うわの空で、卓也は、いつまでも赤ちゃん犬に見とれていた。

Episode:3

もらい手さがし

赤ちゃん犬が生まれてから、ひと月たった。

毛が生《は》えそろった五匹のチビたちは、ママのおっぱいの取りっこをしたり、レスリングや、すもうに、忙《いそが》しく、元気いっぱい、はしゃぎまわっている。

卓也は、学校から帰ると、すぐに、犬小屋にかけつける。エルフも、うれしそうに、迎《むか》えてくれる。

だが、お母さんは、日ましに大きくなる子犬たちを見ながら、心配そうにつぶやいていた。

「エルフは、なぜ、子どもを産んだのかしら?」

オス犬がいなければ、子どもは産まれないはずだ。

お母さんは、思い出した。

去年《きょねん》の秋、見なれないオス犬が、家のまわりをうろついていた。古《ふる》いが、首輪をつけていたから、捨て犬らしい。人なつこいその犬は、追《お》いはらっても、追いはらっても、家のまわりから離《はな》れない。

どうやらエルフを好きになったらしい。

エルフも、その犬が気に入ったらしく、自分の餌を食べられても、平気《へいき》な顔をしていた。

「困《こま》ったな」と、思っているうちに、その捨て犬は見なくなった。だれかが保健所に連絡《れんらく》して、連れていかれたのかもしれない。

「きっと、あの犬が、お父さんにちがいない。赤ちゃんが産まれなくなる手《しゅ》術《じゅつ》を受《う》けていてくれたらよかったのに。エルフも手術しておけばよかった」

何を思っても、あとの祭《まつ》りだ。

犬や、猫には、赤ちゃんができないようにする手術がある。

オス犬には、去勢《きょせい》手術。メス犬には、不妊《ふにん》手術。

町や市で、費用《ひよう》を援助《えんじょ》してくれる地域《ちいき》もある。

犬や、猫だって、赤ちゃんを産みたい。そんな残酷《ざんこく》なことをするのは、かわいそうだという考え方もある。

でも、無責任《むせきにん》に捨てられるよりは、まだましだ。

捨てられた犬や猫は、食べるものもなく、どこにいっても、嫌《きら》われ、追いはらわれ、どうしていいかわからない悲《かな》しみのうちに、病気にかかったり、動けなくなったりして、ひとりぼっちで苦《くる》しみながら死んでいく。

毒《どく》入りの餌をあたえられたり、罠《わな》にかかったり、猟銃《りょうじゅう》で射殺《しゃさつ》されてしまう犬もいる。

保健所に収容《しゅうよう》されても、長くは生きられない。

まさか、その保健所へ行くことになろうとは、卓也も子犬たちも、このときは、まだ知らない。

Episode:4

チビのゆくえ

二か月もたつと、子犬たちは外で遊《あそ》ぶようになった。

ころころとよく太って、とてもかわいい。

卓也の靴《くつ》が大好きで、みんなでかじって、ぼろぼろにしてしまう。

それでも卓也は、怒《おこ》れない。にこにこしながら、もう片方《かたほう》の靴を、子犬たちのおもちゃにしてしまう始末《しまつ》だ。

そんな卓也の様子《ようす》を見ても、お母さんは、にこりともしない。いらいらしながら、「はやく、もらい手をさがしなさい」と、こわい顔でにらみつける。

卓也は悲しくなってきた。

卓也だって、ずっとまえからチビたちのもらい手を、さがしてきた。

でも、雑種《ざっしゅ》の子犬を欲《ほ》しがる人なんて、滅多《めった》にいないんだ。

クラスの里《さと》ちゃんは、ママといっしょに、エルフの子犬を見にきたんだけど、けっきょくダメになってしまった。

里ちゃんは、あとから電話をかけてきた。

「やめた！　やっぱ、ペット屋さんのにするよ」

「ええっ、なんで？　一四、もらってもいいって、言ってたじゃないか」

「だから、やめたって言ってるじゃない。わたし、マルチーズ、飼うんだ」

「でも、それって、高い犬なんだろ？」

「そうよ。でもママが、どうせ飼うなら、いい犬にしようって。名前だってさ、レディ・ヴィヴィアン・なんとかっていうんだからね。おじいさん犬がチャンピオンドッグなの」

「わかったよ、かってにしろ！」

卓也は、受話器《じゅわき》をガチャンと、置《お》いた。

くやしかった。
一四、もらい手ができると楽《たの》しみにしていたのに……。

そのあいだにも、子犬たちは、どんどん大きくなっていく。お母さんのため息《いき》も、それだけ大きくなっていく。

卓也は必死《ひっし》になって、もらい手をさがした。友だちの、そのまた友だち。近くに住《す》んでいる親戚《しんせき》。お父さんの会社の人や、お母さんの知り合い。

動物病院の獣医《じゅうい》さんにも、相談《そうだん》に行った。エルフの散歩のときに出会う人にも、たのんでみた。

ペットのふれあい広場《ひろば》にも、連れていった。

銀行《ぎんこう》の伝言板《でんごんばん》、町のミニコミ新聞や近くのスポーツクラブにも、写真を載《の》せてもらった。お風呂屋《ふろや》さんや、美容院《びよういん》にも、手づくりのチラシを、貼《は》らせてもらった。

わけを話すと、みんなこころよく協力《きょうりょく》してくれた。

それでも、なかなか子犬のもらい手は、見つからなかった。

とうとう、卓也は、子犬たちをケージに入れて、友だちの家を順番《じゅんばん》にまわることにした。

まず、お父さんやお母さんを説得《せっとく》しなければ、子犬はもらってもらえないからだ。

日曜日には、塾《じゅく》を休んで、公園に子犬たちを連れていき、たくさんの人に見てもらった。

町内会《ちょうないかい》の回覧板《かいらんばん》にも、広告《こうこく》させてもらった。

それだけ努力《どりょく》を重《かさ》ねても、問《と》い合わせは、滅多《めった》になかった。

が、卓也は、あきらめずに、もらい手さがしをつづけた。

すると、嬉《うれ》しいことに、すこしずつ今までの効果《こうか》が、あらわれてきたのだ。幼稚園《ようちえん》の先生とお風呂屋さん。犬好きな河原《かわはら》さんのおばさんや、かかりつけの獣医さん。それらの人たちのお世話で、エルフの子犬たちは、一匹ずつ、新しい飼い主のもとに、もらわれていった。


子犬たちのもらわれ先は、マンションから、一軒家《いっけんや》に越《こ》してきたので、動物を飼ってみたかった、三丁目《さんちょうめ》のお兄さん。

会社を定年《ていねん》でやめて、ジョギングをはじめた近所のおじさん。

十六年も飼っていた愛犬《あいけん》を亡《な》くした、七十二歳《さい》のおばあさん。

子どもが、結婚《けっこん》して家を出ていったので、ペットを飼いたくなった、お花教室の先生。

エルフの四匹の子犬に、引き取《と》り手ができて、卓也は、さびしくはなったが、嬉しい気持ちのほうが、強かった。やればできた。
とうとう、子犬たちの飼い主を、自分の力で、見つけたのだ。
お父さんは、卓也の努力を認《みと》めてくれてほめてくれた。
でも、お母さんは、あいかわらず厳《きび》しかった。
最後に一匹、いちばんチビの、見ばえのしないぶち犬が、残《のこ》ってしまったからだ。

子犬たちが生まれて四か月。
ぶちのチビ犬は、また、ひとまわり大きくなって、冬の庭で走りまわっていた。
赤い実をつけたマンリョウの茂《しげ》みが好きで、そこらじゅうを掘《ほ》り返《かえ》してしまう。

餌のお皿をくわえて、サッカーボールのように、ふっ飛ばす。

クサリで、つながずに、庭で放《はな》し飼いにしているので、ときどき、家にあがり込み、おやつのお菓子《かし》をペロリと食べてしまう。

チビは、まったく元気ないたずらっ子だった。

「こら！　悪いことばっかりしていると、母さんに捨てられちゃうぞ」

卓也は、冗談《じょうだん》で言っていたのだけれど、ある日、冗談がほんとうになってしまった。


三月なかばの、やけに寒《さむ》い日だった。卓也が学校から帰ってみると、チビがいなかった。

エルフが、あちこち、うろうろして、いなくなった最後の子犬をさがしていた。

「チビは、どこにいったの？」

卓也がきくと、お母さんは答えた。

「保健所に、連れていったの」

「えっ？　どうして？」

「里親をさがしてくれるわ」

「そんな！　ひどいや。勝手《かって》にそんなことするなんて。チビは、ぼくの犬なんだよ。父さんだって、文句《もんく》を言わないじゃないか」

「でも、うちで二匹を飼うわけにはいかないの。ねえ、卓也。今なら、保健所で、もらい手をさがしてもらえるかもしれないわ。子犬も子猫も、大きくなればなるほど、引き取ってくれる人がいなくなるんだって」

「でも、だれが、連れていったの？　それに、保健所って、どんなところ？

チビは、そこで、楽しく暮《く》らせるの？」

「きっと、仲間《なかま》といっしょに、楽しく暮らせるわ。となりのおじいさんが、拾った子猫をとどけにいくので、いっしょに連れていってもらったのよ。相《そう》談《だん》したら、引き取りますって、言ってくれたんだって」

「そんなの勝手だよ、あんまりだよ！　おれ、いますぐ、取り返してくる」

いきりたつ卓也に、お母さんはどなった。

「やめなさい。ぜったいむり！　チビは飼えないわよ。エルフだけだって大変なんだから！　ほんというと母さんは、犬なんて大嫌いなんだからね」

「なんだよ、母さんのばか！」

わめきたてるお母さんを尻目《しりめ》に、卓也は、自転車《じてんしゃ》に飛び乗《の》った。保健所なら、プールに行くときに通るから、よく知っている。

Episode:5

保健所で

受付《うけつけ》の電話のベルが、また鳴《な》った。

郊外《こうがい》にある保健所の動物係《がかり》には、朝早くから、犬や、猫についての問い合わせの電話が、かかってくる。

保健所の職員《しょくいん》、田中みほさんは、なれた手つきで、受話器《じゅわき》をとった。

「はい、保健所です。犬ですね。できれば飼ってあげて欲《ほ》しいのですけれど、どうしても困るようなら、引き取りますので連れてきてください」

「連れていく？　捨て犬を集《あつ》める巡回車《じゅんかいしゃ》は来ないんですか？」

「巡回車は、ありません。どうしても、引き取って欲しいのなら、自分で連れてきてください」

「あら、ないの？　不便《ふべん》ねえ、地域によっては巡回車が、来てくれるところ、あるんですってよ。じゃ、このへんには、ペットポストかなんかはないの？」

女の人の、かん高い声がびんびん耳にひびく。

「ペットポストなんか、ありません」

　冷《つめ》たく答えて、みほさんはくちびるをかんだ。

　ペットポスト。

　信《しん》じられないことに、そこに入れられたペットは、まるでゴミのように回《かい》収《しゅう》され、処分《しょぶん》されてしまうという。

(なにがペットポストよ。犬はゴミなんかじゃないのよ。どうしても、引き取って欲しいのなら、せめて自分で連れてきて、捨てられた犬の運命《うんめい》が、どんなものだか、確《たし》かめるといい!)そう、みほさんは心のなかで思った。

　みほさんの答えに、電話の主は、不満《ふまん》そうだ。

「あの、もしもし。わたし、小さい子がいるから、そこまで行けないんです。じゃあ、いらなくなった犬は、どうすればいいんですか?　捨てろっていうわけ?　勝手に捨てて、野良犬《のらいぬ》になればいいってわけ?　えっ、そういうこと？」

電話の声は、だんだん、うわずって、乱暴《らんぼう》になっていく。

みほさんは、静《しず》かに答えた。

「ですから、どうか、お連れください」

「だから、行かれないっていってるでしょ。お宅《たく》は役所《やくしょ》でしょ。わたしたち、なんのために税金《ぜいきん》を払《はら》ってるの？　困って相談してるのに」

「あの、ちょっと！」

みほさんは、怒《おこ》りたいのを、ぐっとがまんしてつづけた。

「それよりも、その犬どうしても飼えないんですか？　なんとかできないんですか？　できれば飼ってあげて欲しいんです」

「ええ。むりよ。だって、新しいのがきちゃったんだもの」

「えっ？」

「新しい犬ですよ。おじいちゃんが、娘《むすめ》にスコッチテリアを買ってくれたのよ」

「それで？」

「前《まえ》のは、大きくなりすぎて……」

「大きくなったから捨てるんですか？」

「捨てませんよ。だからお宅に引き取ってもらうって……」

「引き取るっていっても、ご存知《ぞんじ》ですか？　ここでは、長くは飼えないんですよ」

「ですから、希望者《きぼうしゃ》をさがしてください。そのために、お宅はあるんでしょ？　それとも雑種だからダメなわけ？　いい犬なんですよ。おとなしいし」

「成犬《せいけん》なんですね。それでは、里親さがしは、とっても、むりです。里親をさがせるのは、子犬だけと決まっています」

「じゃ、安楽死《あんらくし》ね？　しかたがないわ。とにかく、うちでは飼えないので、だれかにたのんで連れていきます。自分では、とてもかわいそうで殺せませんせん」

「なによ、それなら飼うな！　あなたには、犬を飼う資格《しかく》なんかありません！」

みほさんは、われを忘《わす》れてさけぶと、受話器をガチャンと置《お》いた。

「どうしたの？」

同僚《どうりょう》の恵子《けいこ》さんが、心配そうにたずねた。

「まったく、頭にくるわ。勝手な人ばかり！　安楽死がどんなものか、教えてやりたい。苦しみながら、ガス室《しつ》で死《し》んでいくのよ！」

「ほんとね」

「いまの人、ひどい。新しいのがきたから、古《ふる》いのを捨てるんですって」

「流行《りゅうこう》が変わったからって捨てる人もいるし」

「引っ越し。転勤《てんきん》。子どもが生まれた。あきた。人に噛みついた。世話ができない。みんな、自分勝手な理由ばっかり……」

みほさんは、しばらく何かを考えていたが、きゅうにしょんぼりして、恵子さんにいった。

「ねえ、恵子さん。わたし、ここをやめようと思うの」

机《つくえ》にひじをついたみほさんは、目に涙をうかべている。

「ここに就職《しゅうしょく》が決まったとき、わたしは希望を持ったわ。飼い主を説得《せっとく》したり、新しい飼い主さがしをしたり、できるんじゃないかって。でも、そうじゃなかった」

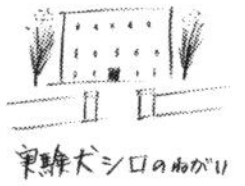

みほさんは、窓の外を見た。

今日も、捨てられたペットたちが、つぎつぎに運ばれてくる。捕《つか》まえられた犬。飼い主が、直接《ちょくせつ》持ちこむ子犬や、子猫もいる。中には、うさぎや、ハムスターや、ほかの動物たちもいる。

コンクリートの広場では、おじさんたちが、捨てられたペットたちを、檻《おり》に入れる作業《さぎょう》をしている。なれた手つきで、ひょいひょい、と、一匹ずつ、檻にほうりこんで、ふたをする。

最後まで抵抗《ていこう》して、ギャオウ、ギャオウ、と、すさまじい声をあげ、爪《つめ》をむきだして逃《に》げ出そうとする猫もいる。

でも、けっきょくは、みんな捕まえられて、小さな檻の中に押《お》しこめられてしまうのだ。

Episode:6

悲しい目をした
犬たち

卓也は、自転車をキーッと止《と》めると、急《いそ》いで保健所に入っていった。

受付で話を聞いてくれたのは、みほさんだ。卓也が、わけを話すと、みほさんの顔が、ぱっと明るくなった。

「ああ、間に合ってよかった。すこしたつと、処分されてしまうところだったわ。さあ、こっちよ。ワンちゃん、よろこぶわ！」

みほさんは、犬たちを管理《かんり》している村山《むらやま》さんというおじさんを呼《よ》んで、『抑留室《よくりゅうしつ》』という、犬を入れてある大きな檻《おり》のところに、卓也を案内《あんない》した。

建物《たてもの》に入ると、一斉《いっせい》に十五、六匹の犬たちが吠《ほ》え立てた。

「あっ、チビだあ！」

卓也は、歓声《かんせい》をあげた。

卓也を見つけたチビは、ころがるようにして、奥《おく》のほうから、走ってきた。

柵《さく》のあいだから、顔をつき出して、手をかきながら、しっぽをちぎれるようにふっている。

「チビ。ごめんね、ごめんね」


卓也は、うれしくて声も出なかった。

（チビがいた！　生きていた！）

「よかった、よかった！」

村山さんは、すぐにチビを、連れてきてくれた。

「ああ、よかった！　こういうことがあると、おじさん、ほんとに嬉しいよ。よかったなあ。おまえ、助《たす》かってよかったなあ」

なんども「よかったなあ」を連発《れんぱつ》した村山さんは、卓也の足のあいだにもぐり込んでしまったチビを見た。

「さあ、連れていきなさい。チビ、もう捨てられないように、いい子になるんだよ」

「おじさん、ありがとうございました!」

卓也は、ぺこりと頭を下げた。

たしかに、嬉しかった。

でも、ここに来て、かわいそうな犬たちの姿を見ると、嬉しいだけの気持ちではいられなかった。


保健所の檻の中には、まだ、たくさんの捨て犬たちがいた。

大きい犬。小さい犬。けがをした犬や、病気の犬。見るからにりっぱな犬もいれば、みすぼらしい野良犬もいる。

共通点《きょうつうてん》は、どの犬も、チビとおなじように、飼い主から見はなされた、気の毒《どく》な犬たちだということだ。

犬たちは、一時は、かわいがってもらった家庭《かてい》から、いきなり、こんなところに連れてこられて、どうしていいかわからないのか、おびえきっていた。

檻の中で、狂《くる》ったように、あとずさりしたり、血走《ちばし》った目で、おろおろと飼い主をさがしたり、しっぽをたれ、放心《ほうしん》したように、よだれをたらしたり。

この犬たちが、ほんのすこしまえまでは、一度は、人に愛されていたペットだということが、信じられないような情景《じょうけい》だった。

(かわいそう!)

ショックで頭がぐらぐらする。

胸《むね》がどきどきして、息《いき》が苦しくなった。

すがりつくように、卓也を見た、犬たちの目が忘《わす》れられない。

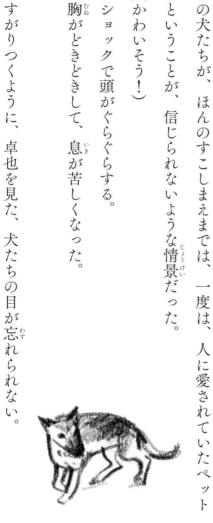

チビを連れていこうとすると、「おねがい！　ぼくも連れていって」というように、吠えながら檻の中を走ってきた柴犬《しばいぬ》。

柵の棒《ぼう》のすきまから、黒い鼻先《はなさき》を、せいいっぱいのぞかせて、ふうん、ふうーんと悲しそうに、鳴いていた傷《きず》だらけの犬。

なかでも、かわいそうだったのは、どろどろによごれたうす茶色の犬だった。

その犬は、柵のすぐそばに、うずくまって、がたがたふるえていた。

頭には、黒く固《かた》まった血がこびりつき、つき出したうしろ足の先は、何かで強く打《う》たれたらしく、ふくれあがって、とても痛《いた》そうだった。

それなのに、卓也を見ると、けんめいにしっぽをふりつづけていた。

卓也は、逃げるようにして、檻をはなれた。

「ねえ、おじさん」

しばらくしてから、卓也は聞いた。

「あの犬たち、飼い主はみつかるの？」

村山さんは、「おいで」といって卓也を事務所《じむしょ》の中に入れてくれた。

嬉しそうに、まとわりつくチビを見ながら、村山さんは言った。

「なかなかな、そう簡単《かんたん》には見つからないんだよ」

「やっぱり。うちだって大変だった。なかなか、もらい手、ないよねぇ」

「そうだね。だから、一匹でも助《たす》かると、おじさん、ほんとに嬉しいんだ。じつを言うと、おじさんも、いま、三匹も捨て犬を飼っている。みんな、ここからもらった犬だ。でも、これ以上《いじょう》はとっても、むりだし……」

「あの、おじさん……」

卓也は、きゅうに顔を上げて、質問《しつもん》した。

「ここにいる犬や猫たちはどうなるの？」

「どうなるって、いろいろだよ」

村山さんは、ぎょっとしたように、言葉《ことば》をにごした。

「ぼくの母さんは、動物愛護《あいご》の人たちが、里親をさがしてくれるって言ってたけど、けっこうむずかしいですよね」

「まあな。きみは何歳《なんさい》だい？」

「十一歳です」

「そうか。それにしちゃ、けっこう大人っぽいところあるなあ」

村山さんは、ちょっと迷《まよ》っていたけど、決心《けっしん》したように卓也に言った。

「赤ちゃん犬や、子猫は、里親にもらわれていくこともあるけど、それは、ほんの一部なんだ。たいてい天国《てんごく》にいってしまうんだよ」

「天国？」

「処分《しょぶん》するんだ」

「殺しちゃうの？」

「残念《ざんねん》だがな……ほかに方法《ほうほう》がないんだよ」

卓也は、びくっとふるえた。

見捨てられて、悲しい気持ちでいっぱいになって、死んでいく、元《もと》ペットたちのことを思うと、いても立ってもいられない気持ちになる。

（かわいそうだなあ。さっき、白と黒のパンダ模様《もよう》の犬が、パタパタしっぽをふって、ペロッと手をなめたっけ……）

（鼻から血を出してた、かわいいテリアの子犬も、頭に怪我《けが》した白いワンちゃんも、みんなみんな、殺されちゃうのかなあ？）

卓也は、ぽろぽろ泣《な》けてきた。

みほさんが、そんな卓也の肩《かた》を、そっとたたいた。

「さあ、もう、うちに帰りなさい。チビちゃんに、飼い主がみつかるまで、がんばってね」

「はい。がんばります！」

手で涙《なみだ》をぐっとふいて、卓也はおじぎをした。

Episode:7

実験に使われる 動物たち

卓也を見送《みおく》ると、村山さんはみほさんを見て、ため息をついた。

「考えてみると、わたしも罪《つみ》な仕事《しごと》をしているなあ。この手で犬たちを毎日、天国に送っているんだからなあ」

「でも、村山さんのせいじゃないわ。ペットを捨てる人がいるからよ」

「こまったものだ。考えるとつらくなるよ」

みほさんは、ふと気がついたようにいった。

「あの子に実験犬《じっけんけん》のことは話したんですか？」

「いやいや、とても……子どもに話せるようなことじゃないからなあ」

「でも、そうでしょうか。大人が見過《みす》ごしている問題《もんだい》を、子どもが発見《はっけん》してくれることだってあるんですよ。子どもに知らせたくないからって、ごまかすことは、よくないことじゃないかしら？」

「そりゃ……たしかに、そうだけど」

みほさんは、まっすぐに村山さんの目を見た。

「先週の日曜日、四年生になる甥《おい》の誠《まこと》が、遊びにきたんですけど、テレビを見ていて、きゅうに泣き出したんです。わたしは、夕食のしたくをしてたんですけど……」

「こわいテレビでも、見たのかな？」

「ええ。動物実験《じっけん》のことをやっていたんです」

「ああ、あのＱＴＶの外国のドキュメンタリー番組は、おれも見た。ぞっとしたね。猫の頭蓋骨《ずがいこつ》に穴《あな》をあけて、脳《のう》に電極《でんきょく》をさしこみ、ショックをあたえつづける実験だ。ほかにもへんな椅子《いす》……固定椅子《こていいす》とかいうらしいが、それに、ヘルメットをかぶせたサルをしばりつけ、衝撃《しょうげき》をくわえるものすごい実験もあった。苦しむサルを見てられなくて、おれは、すぐにテレビを消《け》してしまったね」

「わたしは、腹《はら》がたって、腹がたって、ふるえながら、最後まで見とどけたわ。解説《かいせつ》によると、日本でも、ああいう実験をしているそうよ。法律には、動物を殺したり、利用《りよう》したりするときには、できるだけ動物を苦しめないようにしなければならないと、定《さだ》められているのに。それがなぜ？……あっ、そうだ。それでね、村山さん。わたしが言いたかったことは、そのとき、誠に言われたことなんです」

「誠くんは、なんて言ったんだい？」

「誠は、かんかんに怒って、どなったんです。『大人は子どもに、動物をかわいがれって、いうくせに、あんなに残酷《ざんこく》なことをやってるのか！』って。わたしは、頭を、がん！　と、殴《なぐ》られたような気がしました」

「それは、たいへんな問題だなあ」

「大人が、隠《かく》したって、子どもはいつかは、ほんとうのことを知るのよ。それなら、つらくても、こういう大事《だいじ》なことは、事実《じじつ》を教えるべきだと思う。小さいときはともかく、誠ぐらいの年齢《ねんれい》になれば、話せば理解《りかい》できる。いえ、それより、ほんとうのことを知る権利《けんり》がある」

「そりゃまあ、そうだが」

「ねえ、村山さん。わたし前から気になってたんだけど、ほかにも、子どもに、うそを教えていることがあるわ。動物の絵本《えほん》とか」

「動物の絵本が、なにか？」

「たとえば、火の輪《わ》くぐりをするサーカスのライオンよ。絵本のなかで、ライオンは勇敢《ゆうかん》で、かしこくて、カッコいい動物の英雄《えいゆう》になってるでしょ。でも、ほんとは火の輪くぐりなんかやりたくてやってるんじゃない。拍手《はくしゅ》がほしくてやるのでもない。ただ、動物使《つか》いにムチでたたかれるから、やっているだけ。そうでしょ！」

「たしかにそうだね」

「それなのに、子どもたちは、まるでライオンが、大よろこびで、みんなに、芸《げい》を見せているように思わされてるわ。芸をするアシカだってそう。ほんとは、広い海で、のんびりしたいのよ。動物園のゾウだって、キリンだって、ジャングルで暮らすほうが、ずっと楽しい。パンダだってそう。いくら『かわいい！』なんてほめられても、ちっとも嬉しくないはずよ。みんな人間のために、犠牲《ぎせい》になって、つらいことをやってくれてる。でも、子どもたちはどう思っている？」

「子どもは、動物が大好きだし、動物たちも、人間の子どもと仲良くできてよろこんでるって、思っているかもね。動物は、ほんとにかわいいからね」

「わたしは、ここの仕事をしながら、いつも考えてるの。大人は、子どもに、うそや、ごまかしを言わずに、大事なことを、きちんと説明《せつめい》して、動物たちが、どんなに、つらい思いをして、人間につくしてくれてるかを、わからせなきゃって。人間が、動物をかわいがるんじゃなくて、動物が人間のために、つくしてくれてるってこと。そういう考え方をする子どもが大人になれば、ここにペットを送りこむ人も減《へ》ってくるんじゃないかと思うの」

「なるほど、そうだよね」

村山さんは素直《すなお》にうなずいた。

「肉だってそうだな。おれなんか田舎育《いなかそだ》ちだから、ニワトリをしめるのは子どもの役目《やくめ》だったんだ。けっこうかわいい鳥なんだが、肉にしなきゃならない。『ありがとよ！』ってんで食べるんだけど、今は、肉は肉屋で売《う》ってるただの肉だもんな」

「元の姿《すがた》なんか想像《そうぞう》もできないわ。『ありがとよ！』なんて思えないわよね」

「うん。ステーキは、もともと生きてた牛だなんて考えたくないものね。だ

れだってさ」

みほさんと村山さんの話は、いつまでたっても終《お》わらない。

ペットを、かんたんに捨てる習慣《しゅうかん》をなくすためには、捨てられた犬たちが、どういう運命をたどるかを、飼い主によく知ってほしい。

村山さんもみほさんも、心の底《そこ》からそう思っている。

地域によって、すこしちがいはあるけれど、日本では、保健所や、動物収《しゅう》容所《ようじょ》に連れて来られた犬や、猫の運命は、どれも似《に》たりよったりだ。

飼い主が連れてきた犬や、猫は、その日か、次の日に処分されてしまう。

捨て犬や迷い犬も、たった三日で、その運命が決まってしまう。

チビのように、飼い主の手に返される、数すくない幸せな犬たちもいる。

動物愛護の会などの催《もよお》しで、里親に引き取られる、運のいい子犬たちもいる。

残《のこ》りは『ガス室』に入れられて殺されるものと、『実験動物』として、大学の医学部《いがくぶ》などの研究機関《けんきゅうきかん》に払《はら》いさげられる動物たちだ。

『実験動物』というのは、医学の研究や、薬《くすり》の開発《かいはつ》のために、痛く苦しい目にあいながら、人間の身がわりとなって、生きたまま実験をされる、痛ましい動物のことだ。

あの有名な、戦争中《せんそうちゅう》に餓死《がし》させられた『かわいそうな象《ぞう》』より、もっとかわいそうな動物かもしれない。

しかも、あんまり残酷《ざんこく》すぎるという理由《りゆう》で、ほんとうの姿《すがた》が知らされていない。

ただ殺されるだけでもつらいのに、体を切りきざまれ、毒《どく》を飲《の》まされ、苦しむ状態《じょうたい》をつぶさに観察《かんさつ》されながら、なぜ、自分が、こんなにひどい目にあわされるのかもわからずに、ひとりぼっちで死んでいくのだ。

毎年、何十万匹もの捨てられたペットたちが、ガス室に送られ、そして、飼い主に捨てられた何万頭もの犬や、猫が、人の身がわりとなって、死んでいく。

昨日《きのう》まで、人に育てられ、飼い主を信頼《しんらい》していたペットたちが、どうしてこんな運命をたどらなくてはいけないのだろう。

なぜ、人々《ひとびと》は身勝手に動物を飼い、邪魔《じゃま》になってくると、ゴミのように捨ててしまうのだろう？

ぬいぐるみのように、かわいい子猫や、ころころ太った子犬が、麻袋《あさぶくろ》につめこまれたり、まとめてダンボール箱《ばこ》に入れられて、ガス室に送られ、苦しみにもがきながら、小さな命《いのち》を終えていく。

なんのために、この子たちは産まれてきたのか？

人間は、これでも、動物の友だちなんだろうか？


実験に使う動物は、犬だけではない。

猫、うさぎ、ねずみ、やぎ、サル……昔《むかし》から、わたしたちのまわりにいる、愛らしい動物たちが、痛く苦しい目にあいながら、毎日まいにち、死んでいく。

人の命を助けるために、また、病気をなおす薬をつくるため、そして、その薬の安全性《あんぜんせい》をたしかめるために、動物実験はぜったいに必要だ、と考える人もいる。


もちろん、そういう考え方もあるだろう。

だが、そうとばかりは言いきれない動物実験も、たくさん行《おこ》なわれている。

化粧品《けしょうひん》や、使わなくてもよい薬や、洗剤《せんざい》を開発するためにも、毎年、何百万匹ものマウスや、ラット、うさぎや犬や、サルたちが、ひどい目にあわされて泣いている。

Episode:8

実験動物への鎮魂歌《レクイエム》

子ザルのケイコとジョージ

ケイコとジョージは、お山のサル公園で産まれた兄妹《きょうだい》ザルだ。仲良し子ザルで、お母さんや仲間のサルたちといっしょに、公園の林のなかで楽しく遊んでいた。

ところがある日、サル公園のサルが増《ふ》えすぎたという理由で、二頭いっしょに捕《つか》まってしまった。ケイコとジョージは、ほかの何頭かのサルたちといっしょに、ある動物実験研究所に連れてこられて、モンキーチェアにすわらされた。

モンキーチェアは、実験がやりやすいように、体や顔を金具《かなぐ》でがっちりと固定《こてい》して動けないようにしてしまう残酷《ざんこく》な道具だ。

ケイコは脳の機能《きのう》の研究に使われた。

脳《のう》の小脳《しょうのう》という部分にある小脳半球《はんきゅう》というところを切り取って、一対《いっつい》の電《でん》極《きょく》というものを埋め込まれる。

ケイコはのどが渇《かわ》いていても水ももらえず、そのかわりに、レバーを上げる運動をするように訓練をされる。レバーを上げると水がもらえるからだ。

ひきつづき、さらに苦しい実験を強《し》いられて、小脳半球を切り取ったことによる影響《えいきょう》を調べられるのだ。

この実験は、電位《でんい》というものを記録《きろく》したり分析《ぶんせき》したりするために、長いあいだつづくといわれている。

だからケイコの苦しみや不安は、死ぬまでつづくのだ。

体の自由をうばわれて、頭に穴《あな》をあけられたり、電極をさし込まれたり、ケイコのつらさは考えただけでぞっとする。

どんなにこわかっただろう？

どんなに痛かっただろう？

「お母さーん！」と叫《さけ》んだかも。

「お兄ちゃーん」と泣いたかも。

でも、だれも助けてくれる人はいなかった。


お兄ちゃんのジョージは電気生理学《でんきせいりがく》という学問《がくもん》の研究に使われた。

ケイコとおなじように、脳に一対《いっつい》の電極を埋め込まれて、硬膜《こうまく》というところにシリンダーをつけられる手術をされたのだ。

手術から回復《かいふく》してからは、脳をはじめ、いろいろな部分にシリンダーを通じて、電気刺激《しげき》をあたえられた。

電気刺激は、ビリビリと耐《た》えられないくらいつらいものにちがいない。

二頭の子ザルがその後どうなったかはわからないけど、たくさんの実験に使われたサルたちと同じように、苦しんだあげくに死んでいったのではないかと思う。

サルは霊長類《れいちょうるい》といって人間の親戚《しんせき》だ。

知能《ちのう》も高く、家族愛もふかく、仲間同士で社会をつくって環境《かんきょう》に適応《てきおう》して暮らしている動物だ。

よろこびや悲しみはもちろん、身体の痛みも、心の痛みも人と同じように感じている。だからこそ実験に使うのだと実験者たちは言う。

でも、人間にいちばん近い生き物であるサルを、残酷な実験に使う権利《けんり》が人間にあるのだろうか。

野生動物の数が減りすぎたからといっては保護《ほご》し、今度は増えすぎたから

という理由で、有害駆除《ゆうがいくじょ》として殺したり、苦しみだけが待っている実験研究所にまわしたりするやりかたは、人の道として正しいものと言えるだろうか。

現在《げんざい》、鳥獣保護《ちょうじゅうほご》法のルールが厳《きび》しくなって、お山のおサルさんが手に入らなくなると、研究者たちは、1600頭もの母さんザルに子どもを産ませて、年に300頭もの子ザルを実験用に供給《きょうきゅう》することを考え付いたそうだ。

ラットのドンリュー

ドンリューは、ある獣医《じゅうい》大学の研究室で飼われていた実験用のドブネズミの一種《いっしゅ》だ。

体が大きくて、元気いっぱいケージの中を走り回る姿をみて、学生たちは「機関車《きかんしゃ》くん」とあだ名をつけた。

そのドンリューが急に元気がなくなった。ケージのすみにうずくまって、ピクン、ピクンとつらそうに体をふるわせている。

実験で動脈硬化剤《どうみゃくこうかざい》というものを飲まされて、動脈硬化症《どうみゃくこうかしょう》という病気にさせられてしまったのだ。

動脈硬化症になると、血液《けつえき》が流れている血管《けっかん》が傷ついたり、血液の流れが悪くなったりする。ひどい場合には、血液の流れが止まってしまうこわい病気だ。

動脈硬化剤を飲ませたために、動脈硬化症になったという当たり前のことがわかると、元気いっぱいだったドンリューは、ほかのたくさんのネズミと同じように殺されて、体の中に何が起こったかを調べられた。

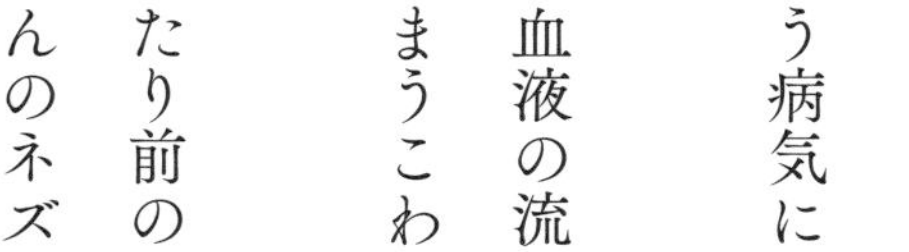

ヌードマウスのチーキー

チーキーは毛のないネズミだ。生まれつき胸腺《きょうせん》というものがないので免疫力《めんえきりょく》がないそうだ。免疫力は、体に入ったウイルスや菌《きん》などから、体を守る力だ。そこを利用して人間は、毛のないチーキーの肌《はだ》に人間のガンをうえつけて皮膚《ひふ》ガンにした。免疫力がないからすぐにガンは広がる。

チーキーはいま、自分の体の二倍ぐらいあるガンを背負《せお》ってどうしていいかわからなくて泣いている。

猫のチャッピー

チャッピーほどかわいそうな猫をわたしは知らない。

チャッピーは、すごく堂々《どうどう》としたまっ黒な野良《のら》猫だった。

小鳥を捕まえたり、カエルを捕まえたり、人さまの庭《にわ》に平気でオシッコをして「コラ!」と石を投げられても、平気な顔をして、ゆうゆうと立ち去《さ》る、敵《てき》ながらあっぱれなスゴ猫だった。

そんなチャッピーが、猫どろぼうに捕まって、実験動物の施設《しせつ》に売《う》り飛ばされた。

チャッピーを待っていたのは、「脳定位固定装置《のうていいこていそうち》」というおそろしい装置だった。チャッピーは、頭とあごと目の下を金具でがっちりと固められ、頭

実験犬シロのねがい

を切り開かれ、頭蓋骨《ずがいこつ》にドリルで穴をあけられた。

その上で、脳に電極をうめこむ手術をされたのだ。


チャッピーは、そのまま一週間おかれ、そのあと脳に電気刺激をあたえられる実験をされた。なんどもなんども、いろんな場所に電気刺激をあたえられた。


麻酔《ますい》をかけられているのに、チャッピーは涙を流した。

苦しさに耐《た》えられなくて、オシッコをもらした。

最後の姿はボロ布《ぬの》のようだったという。

あんなにりっぱな猫の大将《たいしょう》のチャッピーが、なぜこんな目にあわなくてはならないのだろう？

うさぎのピョンコとフワフワ

うさぎの目は、涙を出す腺《せん》が細《ほそ》いので、小さいゴミなどが目に入っても、涙で洗い流すことができない。

痛い目にあわされても、泣いたり、叫《さけ》んだりする声も、持っていない。

その特性《とくせい》を利用《りよう》して、ピョンコは、ほかのたくさんのうさぎたちといっしょに、シャンプーの原料《げんりょう》のテストに使われた。

頭だけが出る箱《はこ》にとじこめられて、目をとじられないようにクリップなどで目の上を留《と》められて、毎日まいにち、くる日もくる日も、ピョンコの目に、シャンプーの原料がそそぎこまれた。

ピョンコはどんなに痛くてもまばたきもできなかった。

手足でこすることもできなかった。

逃《に》げようともがいても、暴《あば》れようと思っても体の自由はうばわれていた。

どんなに苦しかっただろう。

おまけに、何日間かつづけられた実験に耐えて生き残っても、ピョンコは、なんのごほうびももらえない。

ピョンコのつぶらな瞳《ひとみ》は、たちまち、ひどくただれて、腐《くさ》ってしまう。泣くこともできず、訴《うった》えることもできず、ただ、つらい実験に耐えるだけの毎日……。耐えきれなくなって、死んでしまうと、ゴミとして捨てられてしまう。

目に、シャンプー液《えき》が入ったら痛いことはだれでも知っている。あわてて水で洗ったり、手でこすったり……。

それでもあとから刺激《しげき》で目がまっ赤になる。小さい子どもならば、痛くて泣くだろう。

うさぎの目で実験しなくても、シャンプー液が目に悪いことは、だれの目からみてもわかりきったことなのに……。

フワフワは、人間のお肌《はだ》を守るためという理由で、化粧品の成分《せいぶん》となる化《か》学物質《がくぶっしつ》の毒性《どくせい》テストというものをさせられた。

化学物質を含《ふく》んだ口紅《くちべに》や、クリームや、ファンデーションを、肌にぬって、太陽光線《たいようこうせん》に当たったときにはどうなるか、という実験だった。

まっ白なフワフワの毛をそられ、化学物質の成分がよくしみこむように、傷までつけられ、化粧品をぬりこまれる。

やわらかなフワフワのお腹《なか》は、何日かたつうちにまっ赤になってはれあがる。

その時点なら、手当てをすれば治《なお》るかもしれない。

なのに、フワフワは、実験に耐《た》えられなくて死んでしまったほかのたくさんのうさぎたちといっしょに殺されて、ゴミとして捨てられてしまった。


そのほか、化粧品以外でも、食品の添加や農薬など、化学物質を使う製品の実験には、おどろくほどたくさんのマウスやラットが使われている。

絶食《ぜっしょく》をさせ、さまざまな試験物質《しけんぶっしつ》を、むりやり口から入れて、どんな症状《しょうじょう》がいつあらわれるのか、どの程度《ていど》つづくのか、死んだときにはどういう状態になるかを調べる実験もある。

この実験は、二週間にもわたって観察《かんさつ》される。ということは二週間の間、苦しみはつづくのだ。

そしていつものように、実験に耐えたものも、死んでしまったものも、すべてが解剖《かいぼう》されておしまいとなる。


おとなしいうさぎ、かわいいラットやハツカネズミたち。

たくさんのか弱い小さな動物たちが、いったいどんな悪いことをしたんだろう？


どう考えても、罪《つみ》があるとは思えない。

こんなにかわいい、いたいけな動物を、苦しませてつくられる美《うつく》しさは、ほんとうの美しさ？

あなたの髪《かみ》をサラサラにするために、お肌を安全に、そして美しく保つために、罪のない動物たちがこんなに苦しみをあじわっていると知ったなら、あなたはいったいどうしますか？

シロという犬も、実験動物にされた犬だ。

若《わか》くて、元気で、人なつこいシロは、保護《ほご》された犬の中から選《えら》ばれてとうとう、実験動物にされてしまった。

保健所から、動物管理事務所へ送られ、千三百円で、ある国立病院《こくりつびょういん》の実験施設に、実験犬として買われていったのだ。

Episode:9

檻の 中

シロが、気がついたのは、せまい冷《つめ》たい檻《おり》の中だった。

「痛い！　苦しいよ」

手術のときに受《う》けた麻酔《ますい》が切れてきたのだ。シロは、ひとりで苦しんだ。

痛みを止める注射《ちゅうしゃ》も、傷の手当ても、してもらえなかった。

人間だったら、やさしく手術のあとの手当てをしてもらえるだろうに。

腰《こし》には、なまなましい傷あとがあって、太いタコ糸で、荒《あら》っぽく縫《ぬ》い合わされていた。

「苦しいよ」

もがくと、足が、床《ゆか》の棒《ぼう》のあいだにはさまり、身動《みうご》きができなくなった。

檻の床が、目のあらい金属《きんぞく》の棒でできているからだ。

となりの檻では、ビーグル犬のメリーが、シロのうめき声を悲しそうに聞いていた。

「シロちゃん、痛いよね。苦しいよね。でもがんばってね、死んじゃだめよ」

メリーは、もう五年間も、この実験棟《とう》にとじこめられている。

捨て犬のシロとちがって、メリーは、もともと実験用の犬として産まれ、育てられた。

この病院に来るまえは、ワクチンの研究に使われていた。

ずいぶん苦しい思いをした。そして、ようやく体がよくなると、こんどは、脊髄《せきずい》の実験に使われたのだ。

おまけに、その研究をした人が、転勤《てんきん》になってしまったので、そのまま、ほったらかしにされてしまっていた。

檻の中に長くとじこめられていたメリーは、足が床の棒のあいだから落ちないように、いつも足先で、しっかり棒につかまっていなくてはならなかった。

そのため、肉の中に爪《つめ》が食いこんで、はれあがって、じゅくじゅくと膿《う》んでいる。

元気はまるでなく、せまい檻のすみに、じっとうずくまって、大きな目で悲しそうに遠くをじっと見つめているだけだ。

この実験棟には、シロたちのほかにまだ五匹の犬がいた。

卓也が保健所で会った、白と黒のパンダ模様の犬は、メリーのとなりの檻にいた。甘えんぼうで、人が近づくと、鉄棒《てつぼう》のあいだから前足をだして、しっぽをふってよろこんでいる。

茶色の柴犬も人なつこい。手を出すと、ぺろぺろなめて、上目づかいにじっと見つめるくせがある。

大きめの日本犬の雑種は、おとなしい。手術されたあとが痛いのか、すわったまま、あまり動かない。

黒っぽいテリアはおどおどして、いつもクンクン悲しそうに鳴いている。

白っぽい茶色の犬は、毛が長めで、よく吠《ほ》える。

この犬たちは、どれも実験用の犬だった。

犬たちは、病院の敷地内《しきちない》の、コンクリートの建物の中に入れられていた。

飼育係《しいくがかり》の中山さんは、もう、定年を過ぎていたが、だれもやりたがらない、この仕事を、引き受けることにした。

犬好きな中山さんは、休みの日も、病院にやってきて、餌や水をやる。

天気のいい日には、犬を檻から出して散歩させている。

「いくら実験犬でも、遊びや運動は必要《ひつよう》だもんな」

苦しむ犬たちを見るのは、中山さんだってつらいけれど、もし中山さんがやめてしまえば、ここの犬たちも、ほかの施設の実験動物とおなじように、

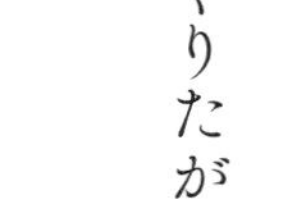

暗《くら》い、しめった檻の中にとじこめられたまま、一生を送らなければならないのだ。

中山さんの姿が見えると、犬たちは、大よろこびだ。嬉しそうに吠えたり、しっぽをふってさわぎたてる。

「よしよし、いま出してやるからな」

中山さんは、檻の扉《とびら》をあけて、犬たちを外に出してやった。

犬たちは、お日さまの光に、まぶしそうに目を細め、草の上で、はねまわっている。

「どうだい、メリー。さあ、出ておいで」

中山さんは、元気のないメリーを日なたに出して、日光浴《にっこうよく》をさせてやる。

実験施設で産まれたメリーは、思いっきり外で走ったり遊んだりしたことがない。

「かわいそうになあ。おまえのことを、手術した先生は、すっかり忘れてしまったんだ。それなのに、いつまでも、こんなところに入れられてるなんてなあ」

メリーの手当てがすむと、こんどはシロの檻に近づいていく。

中山さんは、檻のすみにうずくまっているシロを見て、ため息をついた。

「ああ、また、ひどくなった。おれに、もっと医学の知識《ちしき》があったら、すこしはおまえを楽にしてやれるのになあ」

手術をされた日から、一か月もたっていた。それなのにシロは、ほったらかしにされたままだった。大きな傷口には、傷を縫《ぬ》った太いタコ糸が、抜糸《ばっし》もされずに残っていた。

左のうしろ足は、手術のためにまったく動かすことができなかった。

ぶるぶる痙攣《けいれん》するその足は、体の内側《うちがわ》にかたく曲《ま》がってしまい、地面《じめん》につ

けることさえできないのだ。

おまけに、何かの皮膚病《ひふびょう》にかかり、しきりにかゆがっている。

でも、左足の自由がきかないので、満足《まんぞく》に体をかくこともできない。

中山さんは、そっとシロをかかえて、立たせようとした。

でも、へたへたと、腰が抜けたように、くずれて、うずくまってしまう。

「このぶんでは、いつまで生きられるか……」

中山さんは、なんどもシロのような状態になった犬たちを見てきた。

実験をした研究者に、犬の治療《ちりょう》をおねがいしたことが、なんどあっただろう。

が、いくらたのんだところで、この病院では、実験犬の手術あとの手当てをしてもらえることは、まれだった。

研究者は、人間の治療をするだけで、精一杯《せいいっぱい》で、たとえその気があっても、日ごとのいそがしさに追われて、つい、そのままになってしまう。

なかには、実験になれっこになってしまって、犬たちの苦しみを理解できなくなってしまっている人さえもいた。

Episode:10

おかしな
犬たち

ある晴れた日曜日のことだった。
二、三人の女の人が、この病院の敷地《しきち》にやってきた。
動物保護の、ボランティア活動をしている人たちだった。

「悲しそうな犬たちの鳴き声が聞こえて、たまらない気持ちになる、なんとかして犬たちを助けてあげて！」

という、近所の人たちからの知らせを受けて、調《しら》べにきたのだ。

休日なので、病院の敷地はひっそりとしている。

中山さんは、実験施設の扉をあけて、犬たちを一匹ずつ外に出してやった。

女の人たちは、遠くから犬の様子をじっと見ていた。

ふつうの犬なら、草の上を元気いっぱい走りまわるのに、この犬たちはみんなどこか様子が、おかしい。

「あの犬、足を引きずっているわ」

「あの柴犬のおしり、なぜ、あんなにとがってるの？」

「あっ、あの犬、元気ない！」

ほかの犬たちが、大よろこびで、とびはねているのに、白い犬が一匹、檻《おり》の中で力なくうずくまっている。

様子を見にいった女の人が、中山さんにたずねた。

「あの犬、どうしたんですか？」

床《ゆか》の掃除《そうじ》をしていた中山さんは、ふりむいて答えた。

「手術を受けたばかりでねえ。傷が治らなくて、みんなといっしょに外には出せないんだ」

「手術って、いったいなんの手術なんですか？」

「脊髄《せきずい》の神経《しんけい》を切る手術を受けたんだよ。切られた神経が、どうやって回復《かいふく》するか調べる実験らしいよ」

「それで、こんな姿に？」

「でも、医学の研究のためなんだから、しかたないね」

言ってしまってから、中山さんは、はっと口をつぐんだ。なんだか犬たちに申しわけないような気がしたからだ。

「日曜日でもここにきて、世話をしてるんですか？」

「ほんとうは来なくてもいいんだが、水や餌をやらなかったら、かわいそうだからね。それに、平日は患者《かんじゃ》さんがいっぱい来るから、犬を出してやれないし……」

中山さんは、草にねころんで、気持ちよさそうに背中《せなか》をこする犬を見ながら答えた。

「手術したあとは、どうなるんでしょう？　治るんですか？」

「治るものも、治らないものもいるが、けっきょく最後には、処分されてしまうよ」

　ほかのひとりが、メリーの檻に気がついた。

「このビーグル犬も、つらそうですね」

　メリーは、せまい檻のすみにうずくまり、大きな目をふせ、女の人の視線《しせん》をさけている。

　中山さんは、檻をあけて、メリーのはれあがった足をさすりながら教えてくれた。

「メリーは、実験するために、産まれてきた犬なんだ。かわいそうだよ。子犬のうちから、何度も実験に使われてるんだからね。治ったとおもうと、また、つぎの実験の手術なんだ。最後は、ぼろぼろになってしまうんだよ。使えなくなれば、ゴミとして捨てられてしまう。この子はもう五年もここに、とじ

こめられているよ」

「かわいそうに」

女の人は、ふかいため息をついていた。

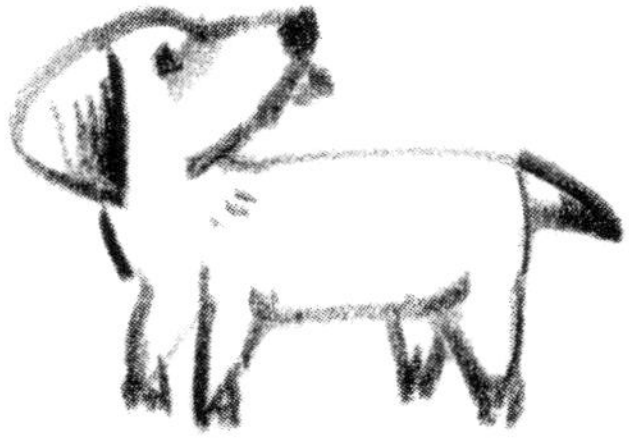

Episode:11

救出

それからは、たびたび、その人たちが、犬たちの様子を見にくるようになった。

シロの状態は、日ましに悪くなっていく。

はじめは、耳から首のあたりの毛が抜けていたが、今では背中から腰《こし》のあたりまで、脱毛《だつもう》が広がっていた。

耳は、ただれて、赤茶色にかたまっていた。

あいかわらず抜糸もされず、四本のタコ糸が、傷口で腐《くさ》っている。

「おねがいがあります」

女の人のひとりが、中山さんに言った。

「このままでは、あまりにも犬が、かわいそうです。わたしたちが、獣医さんのところに連れていきますので、病院の許可《きょか》をとっていただけませんか？」

「許可だって？」

中山さんは、ちょっとおどろいて、女の人を見た。

「むりだね……」

しばらく沈黙《ちんもく》して、中山さんはきっぱりと答えた。

「いままでにも、こういうことが何回かあったんだ。でも、ここの犬は、研究用の犬だからね。そういうことは許《ゆる》されない。ふつうの犬とは、ちがうんだ」

「それなら、手当てをしてくれるように、病院の先生に、たのんでください」

「それが……じつは、なんどもたのんでいるんだけど」

「じゃあ、もう一度、たのんでいただけませんか？」

「しかし……、いや、たのんでみます。……でも」

中山さんは、まじめすぎるほど、まじめな性格《せいかく》だった。

この病院の職員である以上《いじょう》、自分の役目を果《は》たさなければならない。けれ

ども、犬たちを助けてやりたい。

中山さんの心は、ゆれた。

それからも、ボランティアの人たちは、たびたび、シロや、メリーのいる実験施設を訪《おとず》れるようになった。


ある日のこと、根負《こんま》けした中山さんは、様子を見にやってきた人たちに言った。

「あのビーグルだったら、連れて行ってもいいよ。研究していた先生が転勤してから、もう五年になるんだが、この犬のことは、だれも見にこない」

「えっ、いいんですか？」


メリーは、助け出され、その人たちの車で、動物病院に連れて行かれた。

診察台《しんさつだい》に乗《の》せられたメリーは、白衣《はくい》を着《き》た獣医さんが近づくと、怖《こわ》がってふるえた。

「また痛い目にあわされるのだろうか？」

実験動物の繁殖《はんしょく》施設で産まれたメリーは、これまで飼い主に、かわいがってもらったことがなかった。

産まれてからずっと、小さな鉄の檻に入れられたまま、土の上を歩いたことさえなかったのだ。

ぶるぶるふるえるメリーに、みんなはやさしく話しかけた。

「だいじょうぶ。治療をしてもらうんだから」

「心配しないで……」

十二月にはいった。

実験犬シロのねがい

実験施設にやってきたボランティアのひとり、さやかさんが、はじめてシロに出会ったときから、二か月のときがたっていた。

その日も、さやかさんはみんなといっしょに、シロの様子を見に行った。

中山さんはおらず、犬舎《けんしゃ》の鍵《かぎ》はかかっていなかった。

シロは、あいかわらず研究者から見はなされたままで、うずくまっていた。

全身《ぜんしん》の毛が抜け落ち、むきだしになった皮膚《ひふ》に血がにじみ、赤くただれたしっぽから、もうしわけ程度《ていど》に毛がぶら下がっている。

腰の大きな傷口からは、手術したときのタコ糸が何本も見え、膿《うみ》がじくじくとにじみ出ている。

体の片側《かたがわ》を押すと、反対側《はんたいがわ》の傷口から膿がにじみ出すという、ひどさだ。

体も弱りきって、もう満足に立ち上がることさえできない。

放《ほう》っておけば、死ぬことが目に見えていた。

「一刻《いっこく》も早く助けなければ！」

さやかさんたちは、ぐったりとしたシロを檻から出し、車で動物病院へと走った。

こうしてシロは、一九九〇年の十二月一日、やさしい心を持つ人々によって助け出された。

Episode:12

がんばろうね
シロ

動物病院で、シロをはじめて見た獣医さんは、息をのんだ。

「これは、ひどい。こんなになるまで、なぜ放っておいたんですか？　手当てしても、助からないでしょう」


それほど、すさまじい姿だった。

いまもなお、ごっそり抜ける毛。

痙攣《けいれん》しながら、ふるえつづける、うしろ左足。

赤むけになった、痛いたしい背中。

耳の先に、こびりついたかさぶたが、ぽろぽろはがれて、落ちる。立つことがやっとで、オシッコもたれ流し。

膿《うみ》のために、部屋じゅうが、むせかえるような臭《くさ》さだった。

「あまりにひどい。わたしなら安楽死させます」

さやかさんは、くい下がった。

「いいえ、生かしてください。なんとしてでも助けてやりたいんです。おねがいします」

「そうですか。それほど、おっしゃるなら、とにかく、やってみましょう」

シロの口の中を調べはじめた獣医さんは、「おや?」というように明るい声を出した。

「助かるかもしれない。この子はまだ一歳ですよ」

「ええっ、一歳? あたしたち、てっきりおばあさん犬だと思っていたんです」

「でも、この歯《は》をごらんなさい。やっと一歳になったか、ならないかですよ」

「あっ、先生。いま、シロが、ぱちっ、とまばたきしましたよ」

「言ってることがわかったのかな？　ごめん、ごめん。おばあさん犬じゃないんだよね。若いんだから、がんばって、元気になるんだぞ」

シロは、疥癬《かいせん》という伝染力《でんせんりょく》の強い皮膚病にかかっていた。疥癬というのは、気が狂うほどかゆい、皮膚病の一種《いっしゅ》だ。そのため全身の毛が抜け落ち、たまらないかゆさで、夜も眠《ねむ》れなくなる。強い薬を使えば早く治るが、シロの場合、体がひどく弱っているので、それもできない。

ほかの犬に疥癬《かいせん》がうつるので、入院《にゅういん》させることもできなかった。タコ糸を抜き、傷の手当てをしてもらって、看病《かんびょう》の方法をよく教えてもらうと、さやかさんは、横浜《よこはま》の１ＤＫの自宅に、シロを連れて帰った。

注射がきいているのか、シロはぐっすりと眠っている。ほっと安心《あんしん》したのだろう。

「がんばろうね、シロ」

さやかさんの心は、うれしさと期待《きたい》でふるえた。

ほんとうのことをいうと、さやかさんが犬を飼うのは、はじめてのことだった。

それから、しばらくたったある日、ご主人が会社から帰ってくると、さやかさんの大声が聞こえてきた。

「こっちへ来て、ちょっと手伝って！　これじゃ、お風呂《ふろ》でおぼれちゃうわ」

さやかさんは、獣医さんに言われたように、シロを薬のお風呂に入れていた。

でも、足が立たないので、体がしずんでしまうのだ。

「ああ……、これじゃだめだ」

「しかたがない。じゃあ、ぼくが抱《だ》いて入れてやろう」

ふたりの手厚《てあつ》い看護《かんご》で、シロは、だんだん良くなっていった。

何日もたたないうちに、傷口の膿はすくなくなり、皮膚病も、硫黄《いおう》シャンプーと、薬風呂のおかげで日ごとに、治っていく。

「すごい回復力《かいふくりょく》だな」

獣医さんもおどろくほどの治り方だった。

ところが、しばらくすると、さやかさんとご主人と猫のミイが、夜もおちおち眠れなくなってしまった。

家じゅうに疥癬《かいせん》がうつったのだ。かゆい、かゆいとおおさわぎだった。

シロはすこし歩けるようになると、さやかさんと散歩にも行くようになった。

車で多摩川《たまがわ》の河原《かわら》まで連れていき、草の上をゆっくりと歩かせる。

ひょろひょろと、やっとのことで歩いているシロを見ると、子どもたちが集まってくる。

「あっ、また、あの犬が来てる！」

「あれ、シロちゃんていうんだよ。がんばってるなあ……」

そんな子どもたちの中に、いつも二匹の犬を連れてくる男の子がいた。この近くに住んでいる卓也だった。

卓也が連れているのは、母犬のエルフとチビ。

エルフより大きくなったチビは、もらい手ができなくて、結局、卓也が飼うことになったのだ。

実験犬シロのねがい

あるとき、足をふるわせながら、一歩、また一歩と、歩く練習《れんしゅう》をするシロを見ていた卓也が、さやかさんに話しかけた。

「おばさん。シロちゃんは、どうして、歩けなくなったの？」

「背中の神経を切られたからよ」

「え？　なんで？」

「あのね……」

さやかさんは、シロちゃんが、病院の実験施設で手術をされたことや、引き取ったわけなどを、わかりやすく説明《せつめい》した。

すると、卓也が、ぽつりと言った。

「じゃ、シロちゃんも実験犬だったんだね？」

「え？　実験犬なんて、そんな言葉なぜ知ってるの？」

さやかさんは、びっくりして聞き返した。

「あのね、うちの近所のおばさんが、メリーって犬を飼ってるの。メリーも実験犬だったんだよ。おばさんが教えてくれた」

「メリー？」

（……じゃ、シロちゃんとおなじ病院にいた、あのビーグル犬のメリーかな？）と、とっさにさやかさんは思った。

「へえ、それってビーグル犬？」

「うん。かわいいよ。はじめは、ぼくのこと怖がってたけど、好きになってくれたみたい。でも、エルフや、チビには、知らん顔してるんだ。だいたいは、下むいて寝《ね》てばかりいるの」

「わあ、すごい偶然《ぐうぜん》！　じゃ、メリーを引き取った河原《かわはら》さん、きみの知り合いだったんだ。知らなかったなあ。メリー、元気になったんだね、よかったあ！」

「そう。だから、シロちゃんも元気になれるさ！　ぜったいだよね！」

卓也は、しゃがみこんでシロの首を抱いた。エルフもチビも、まるで言葉がわかるように、おとなしくしている。

「あの、失礼ですけど……ついお話を聞いてしまいました」

声をかけたのは、小柄《こがら》で色の白いおばあさんだった。

「はあ？」

その人は、ふりむいたさやかさんの手に、何かを手渡《てわた》した。

見ると、ありあわせの紙につつんだお金だった。

「あの、これは？」

いぶかるさやかさんに、やさしい笑顔《えがお》がふりかかった。

「シロちゃんのために使ってください」

「ありがとう」

さやかさんの胸が、じーんと熱くなった。

「嬉しいです。ほんとにありがとう」

「おばあさん。ぼくも嬉しいです」

卓也も、ぺこりと頭をさげた。

「がんばってね、きっと、このワンちゃん、歩けるようになりますよ」

おばあさんの、まるくなった背中を、夕陽《ゆうひ》が暖《あたた》かく照《て》らしていた。

Episode:13

まごころが通じた

シロは、すこしずつ良くなった。

でも、まだ吠《ほ》えることも、鳴くこともできなかった。

うつろな瞳《ひとみ》を遠くに泳《およ》がせて、一日じゅう、ぼんやりとして暮らしている。

さやかさんが世話をするうち、シロのいろいろなことが、わかってきた。

強くなぐられたのだろうか。頭の骨《ほね》が一か所、ひどくへこんでいた。

両方《りょうほう》の前足首には、鎖《くさり》のようなかたいものが巻《ま》きつけてあったらしく、いつまでたっても毛がはえてこない。

さやかさんは、シロに話しかけた。

「おまえは、実験犬にされる前にも、ひどい目にあっていたんだね。これから、うんと大切にしてあげる。シロちゃん、まず、吠えるようになろうね。犬は、ワンって吠えるんだよ」

シロの前にすわって、さやかさんは自分で「ワン！」と、吠えてみせた。

そんなさやかさんに、ご主人がある夜、嬉しそうに教えてくれた。

「じつは、いい知らせがあるんだよ。こんど、長野県《ながのけん》に転勤になったんだ」

「それは、どこ？」

「天竜川《てんりゅうがわ》に沿《そ》った、静《しず》かな田舎《いなか》だよ。遠くには、ぼくの好きな仙丈ケ《せんじょうが》岳《たけ》が見える。そして、あたり一面に雑木林《ぞうきばやし》が広がっているんだ。あそこなら、シロをおもいきり遊ばせてやれる。いいかい、待望《たいぼう》の一軒家に住めるんだ」

「ほんと？　じゃあ、シロのほかにも捨て猫や、捨て犬をいっぱい飼ってもいい？」

「こらあ、調子《ちょうし》にのるなよっ、な」

怖い声で言ったつもりのご主人だったけど、さやかさんの目を見ると、いっしょに笑いだしてしまった。

「それはそうと……」

さやかさんは、ちょっと気になるというように、ご主人を見た。

「田舎に行けば、シロちゃんは、もっと元気になれる。それはうれしいけど、ちょっと問題もあるの」

「なに？」

「卓也くんたちのことよ。シロちゃんのこと、みんなで、とってもかわいがってくれるの。エルフや、チビとも仲良しだし。シロは、みんなの人気者なのよ。みんながっかりするだろうな」

転勤のニュースを知らせると、卓也たちは「さみしくなるね」と、とても
残念がった。

まもなく、さやかさんたちは、長野県の伊那《いな》にある小さな町に引っ越した。

なだらかな山をのぞむ平地《へいち》は、自然《しぜん》のままで、野原や畑が広がっている。

雑木林の間の散歩道をいくと、清《きよ》らかなせせらぎの音が聞こえてくる。


さやかさんの気持ちが、シロにはわかるのだろうか。

ふるえる足を引きずって、一生懸命《いっしょうけんめい》、歩く練習にはげむ毎日だ。

そうして、何か月か暮らすうち、シロは、だれもが不思議《ふしぎ》に思うほど、元気をとりもどした。

白い毛がむくむくと生えそろい、前とはまるで別《べつ》の犬のようになった。

しっぽをふり、つぶらな瞳をかがやかせて、伊那路《いなじ》の明るい光のなかで、嬉しそうにはしゃぐ。

かたく引きつっていた足もいつしか治り、地面にちゃんとつけられるようになってきた。

「おーい、シロ、おいで！」

ご主人がさけぶと、雑木林をまっすぐかけてきて、はしゃいで飛びついてくる。

ひざにのせると、ペロペロと顔をなめ、甘えるようになった。

よろこびすぎて食器《しょっき》を引っくり返したり、いたずらをしたり、ようやくふつうの犬らしくなってきた。

六月、シロを保護《ほご》してから半年がたった。

さやかさんは、シロを白い花の咲《さ》きみだれる原っぱに連れて行き、そこでシロの写真《しゃしん》をとって、東京《とうきょう》にある『地球生物会議《ちきゅうせいぶつかいぎ》（ALIVE《アライブ》）』という団《だん》体《たい》に送った。

さやかさんといっしょにシロを助け出した人たちは、動物実験に疑問《ぎもん》を持ち、痛ましい実験を止《や》めさせる活動《かつどう》に取り組んでいるのだ。

愛らしいシロの写真を見て、みんなの心は大きくはずんだ。

「よかった！　わたしたちのやったことは、まちがっていなかった」

いくら大切な命を救《すく》うためでも、国立の施設からシロを連れ出すことは、すごく勇気《ゆうき》のいることだった。

ALIVEの代表《だいひょう》の野上《のがみ》さんは、シロを保護したあとに、施設に電話をか

けた。

「そちらの犬が死にかけていたので、保護しました」

「なに？　そんな犬はいませんよ」

野上さんが事情《じじょう》を説明すると、施設の人の態度《たいど》が変わった。

「その犬は貴重《きちょう》な財産《ざいさん》だから、返してほしい」

「あんなにほったらかしにされていた犬がですか？　すっかり病気が治って、事情がわかったら、返します」

野上さんは、動物管理事務所に行き、シロが飼い主に捨てられ、ここに払い下げられたことを調べた。

国会図書館《こっかいとしょかん》にも、厚生省《こうせいしょう》（現《げん》・厚生労働省《こうせいろうどうしょう》）にも行って、実験のこともよく調べた。

この団体の、会員たちの多くは、みんなふつうの主婦《しゅふ》や、会社員たちだ。

けれども、この『シロちゃん事件《じけん》』が糸口《いとぐち》となって、この動物保護の小さな、しかし大きな愛の輪が、世間の人たちにもすこしずつ、すこしずつ、知られていくことになった。

そして、いつまでも消えない種火《たねび》のようにゆっくりと世の中を動かしていったのだ。

新聞や、テレビは、助け出されたシロの事件を大きく取り上げた。

シロたち払い下げられた捨て犬を実験犬として使っていた国立病院は、動物実験を終わらせた。

そして、とうとう東京都は、捨て犬や、捨て猫を実験施設に売り渡すことを全面的《ぜんめんてき》に止めたのだ。

いま、その動きは、地方自治体《ちほうじちたい》へと大きく広がっていっている。

人間のひとりひとりの持つ力は小さなものかもしれない。

けれども『罪のない動物を救いたい』という温《あたた》かい心が束《たば》になったとき、やさしさは、太陽《たいよう》のように燃《も》え、大きな行政《ぎょうせい》をも動かす力強さを発揮《はっき》できたのだ。

Episode:14

聖なる夜に

ある日のこと、さやかさんが帰ってくると、嬉しいことが、待《ま》っていた。

さやかさんを見て、シロがひと声、

「ワン!」

と吠《ほ》えたのだ。


口のなかにこもったような、小さな声だった。でも、はじめてシロが吠えたのだ。

「ああ、シロが吠えた、吠えた!」

さやかさんはシロの首に抱きついた。

「ねえ、あなた。シロが吠えた。ようやく犬らしく、吠えるようになったのよ」

ぼろぼろ涙を流すさやかさんを、ご主人はやさしく見守った。

「シロは、身勝手《みがって》な人間のために、小さいときから大変な苦しみを負《お》わされた。せめて、これからはうんと幸せにしてやらなければね」
「ほんとにそうね」

たった、ひと声、犬が吠えただけ。
ただそれだけのことだった。
でも、その吠え声は、さやかさんにとっては、嬉しい嬉しいひと声だったのだ。

でも、この幸せも長くはつづかなかった。
シロは、どこまでも不幸《ふこう》をせおって生きる犬だった。

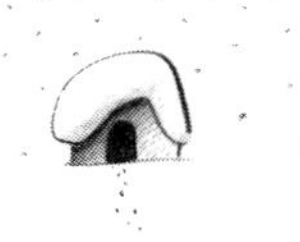

しばらく前から、さやかさんは、シロに方向感覚《ほうこうかんかく》がまるでないことに気がついていた。
危険《きけん》に対《たい》して身がまえる、といった能力《のうりょく》にも欠《か》けていた。
車がきても、ぼんやりしっぽをふって立ち止まっている。
「頭をやられた後遺症《こういしょう》でしょう」
獣医さんは、そんなふうに説明した。
さやかさんは、前にもまして、シロを注意《ちゅうい》して育てることにした。

けれども、とうとう運命の日がやってきたのだ。

十二月二十四日。

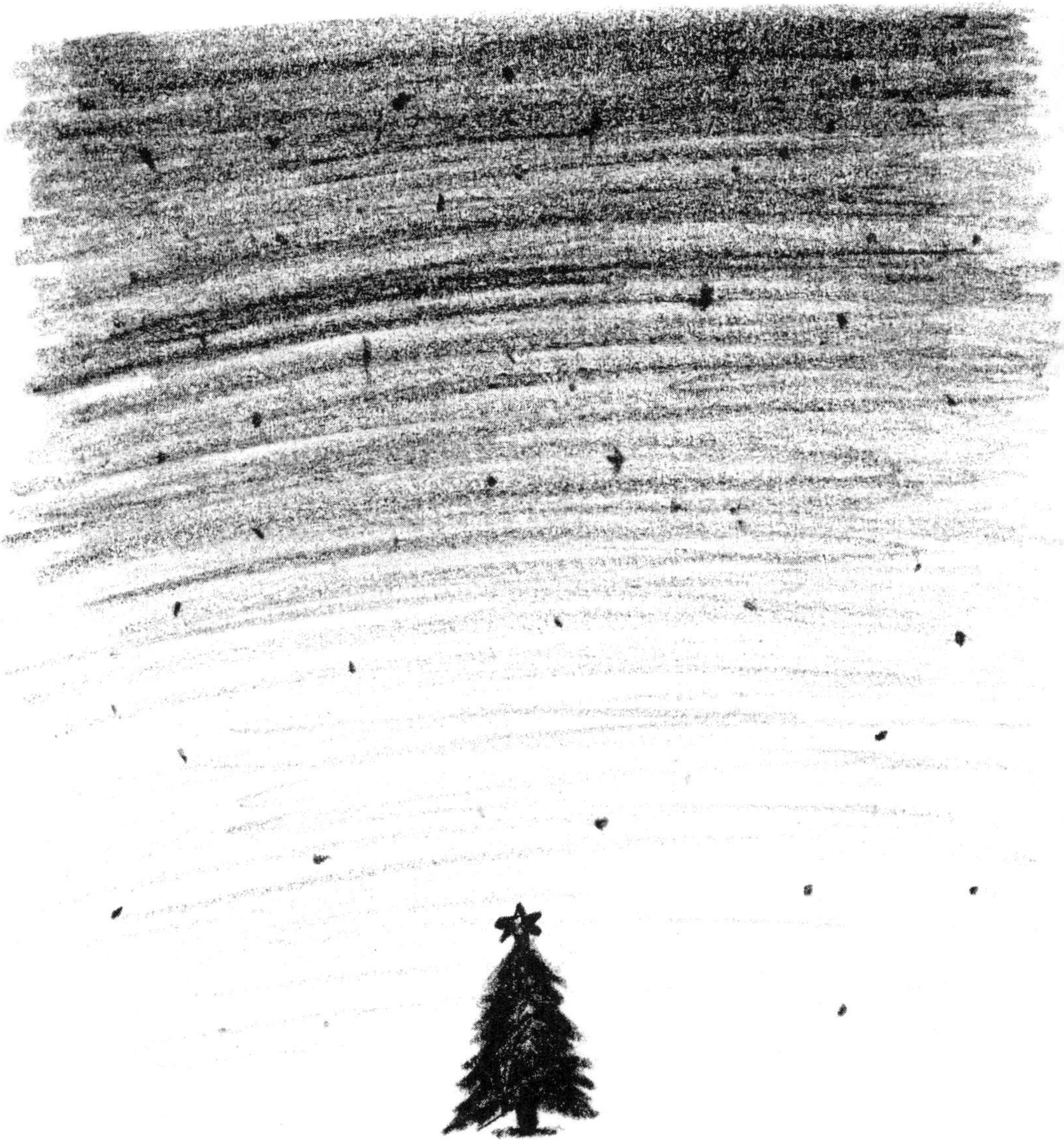

クリスマスイヴの日の夕方だった。

外出先からもどったさやかさんは、玄関の前で不思議に思って足を止めた。

いつもなら、玄関《げんかん》わきの犬小屋から出てくるシロが、顔を見せない。

「どうしたのかな？」

小屋には寒さをやわらげるために、すっぽり、ふとんがかぶせてあった。

見ると、引き綱《づな》が中に引きこまれている。

「ああ、じゃあ、中にいるんだ。寝てるのかな」

ひとまず部屋に入ったさやかさんだったが、なんだか気にかかってしかたがない。

そこで、シロを呼んでみたけれど、まだ出てこない。

「変だわ」

さやかさんは、急いで、ふとんをめくり、中をのぞきこんだ。

シロは、消えていた。

なにかの拍子《ひょうし》に、綱と首輪をつないでいた小さな止め金具が、はずれてしまったのだろう。小屋の中に引きこまれた引き綱の先は、空っぽだった。

「シロがいない！」

さやかさんは、ご主人とふたり、別々《べつべつ》の車でとび出していって、心当たりをさがした。

「あなたは、こっちの山道をさがしてね。わたしは、川下の道路《どうろ》をさがすから」

でも、どこをさがしても、シロは見つからない。

念のため、警察《けいさつ》にも来てもらった。

近所にも、「白い犬を見かけなかったか」と聞いてまわった。

さやかさんは、おろおろしながら考えていた。

（あしたは、会社をやすんで、保健所にいってみよう。届《とど》けられているかもしれない）

しかし、そんな思いも無駄《むだ》だった。


とつぜん、電話が鳴った。

とっさに受話器をとったご主人の顔色が、変わった。

「たぶん、うちの犬かと。すぐにいきます」

一瞬《いっしゅん》、さやかさんは、シロが見つかったのかと思ったのだ。

でも、それは、間違いだった。

ご主人は、ふりむいて言った。

「国道で、白い犬が死んでいるそうだ」

「まさか！」

さやかさんは、さけんだ。

「聞いて！　首輪の色は？　何？」

ご主人は、電話でたしかめて、さやかさんに答えた。

「赤だそうだ。シロかもしれない」

不安が嵐《あらし》のように胸《むね》をさわがせた。

「とにかく行ってみよう！」


いそいで現場にかけつけると、二、三人の若い女の人が、道端《みちばた》で、輪《わ》をつくってしゃがんでいる。

行き交《か》う車をとめて、犬の死体《したい》をそこまで運《はこ》んでくれた人たちだった。

「この犬です。お宅《たく》の犬だと思って、お知らせしたんです」

電話で知らせてくれた人が、横たわっている犬を指さしていった。

ちらりと目をやったさやかさんは、一瞬、（シロじゃない！）と思った。

街灯《がいとう》の明かりの加減《かげん》で、毛が茶色に見えたからだ。

でも、気をしずめて、よく見ると、やはりシロだった。見なれた赤い首輪も、まだ温かい、その体も、たしかにシロのものだった。

「シロ……。シロちゃん！」

二度ほど、声をたてて、呼んだけれど、シロは、ぴくりとも、動かなかった。

「やはり、うちの犬のようです」

うなだれて言う、さやかさんの頭から、血の気が、すーっと引いていった。

Episode:15

メリーの手紙

シロが、いなくなって、二年目の冬がきた。

野山は雪にうもれ、シロの好きだった雑木林も、しんと静まりかえっている。

仙丈ケ岳《せんじょうがたけ》も、雪でけむっている。


「シロちゃん……」

いつまでたっても、遠くの雪山が、シロのかたちに見える、さやかさんだった。

（ごめんね。わたしの不注意《ふちゅうい》から、おまえを死なせてしまって）

金具の止め金がはずれたことを、自分の過失《かしつ》のように考えてしまう、さやかさんだった。

さやかさんは、シロの思い出の中で暮らしていた。

シロにはじめて会った日のこと。

シロを家につれてきた日のこと。
すこしずつ体がよくなり、希望に胸《むね》がおどった、あのすばらしい日々《ひび》。
そして、あのクリスマスイヴに起きた事故《じこ》……。

たった二歳のシロは、何年ぶんもの、つらい、苦しい体験をして、短い命《いのち》を終えた。
（これから、やっと、幸せになれるところだったのに……）
シロの一生を思うと、たまらない気持ちになる。
いつまでたっても悲しみから逃《のが》れられないでいる、さやかさんだった。

クリスマスも間近いある夜。
ポストに、一通の手紙が入っていた。

『天国のシロちゃん。病院の実験棟にいっしょにいた、ビーグル犬のメリーをおぼえていますか？』

シロにあてた、メリーからの手紙だった。

メリーは、女の子なのに、なぜか男の子の言葉遣《づか》いで書かれている。

読んでいくうちに、さやかさんの心が、ほのぼのと明るくなっていった。

『シロちゃん。ぼくはこのごろ、歩けるようになったんだ。

はじめのうちは、すこしずつ横に歩く、カニ歩きだったんだけど、ようやく、犬歩きで歩けるようになったんだ。足はまだ引きずってはいるけれどね。

あいかわらずウンチや、オシッコは、うまくできないよ。神経を、切られているせいだって。

自分では、どうしようもないんだ。

でも、飼い主さんは、ほんとうに、ぼくを大事にしてくれる。

いま、ぼくは、暖かく燃《も》えるストーブの部屋で、猫のさくらといっしょに遊んでいるんだ。

シロちゃん、きみのニュースを聞いて、とても悲しかったよ。

でもいま、ぼくは、シロちゃんの死は無駄《むだ》ではなかったと思っている。

シロちゃんのことから、ぼくたち実験犬の話が、世の中の人たちに知られるようになって、おかげで一年に何千匹もの捨て犬や、捨て猫が、実験の痛みから救われることになったんだ。

そして、とうとう東京都は、『犬や猫を実験動物として研究機関《きかん》に払い下げない』という決まりを作ったんだ。

この動きが、全国に広がっていけば、毎年、何万匹もの犬や猫たちが、実験の苦しみから救われることになるんだよ。

シロちゃん、ありがとう。

実験犬を代表して、お礼《れい》を言うよ。

そうはいっても、まだまだ、たくさんの動物たちが、医学や、薬の研究のために、犠牲《ぎせい》になっている。

ぼくたちのように、実験されるためだけに、繁殖《はんしょく》させられる犬たちもいる。

でも、きっと近い将来《しょうらい》、動物実験にかわる方法が研究されて、世界のどこでも、動物実験なんて、大昔の出来事《できごと》だと思われる日が来ると思うよ。

ぼくは、飼い主さんが、ある良心的《りょうしんてき》な研究者と話しているのを聞いたんだ。

世界のあちこちで、いま実際《じっさい》に、そういう動きが高まっているんだって。


地球は、みんなのお母さんだよね。

ぼくたち生き物は、みんな家族だろ？

兄弟のうちのだれかが、いばりくさって、弱い者いじめをしたら、きっと地球のお母さんは悲しむだろう。悲しみすぎて、おこっちゃうかもね。


もうすぐ、クリスマス。

シロちゃんが、天国にいった聖夜《せいや》が近づいてくる。

ぼくたちは、みんな、シロちゃんはクリスマスの星になったと思っている。

星空から、地球のみんなのしあわせを、祈《いの》っていてね。

ぼくたちも、君を見上げる。

きらきら光る、シロちゃんの星をね。

メリーより』

ジャーン！　さやかさん、おどろいた？

犬が、手紙なんか書けるわけないって思ってるんでしょう？　ところがね、このあいだ、さやかさんが送ってくれたシロの写真をメリーに見せたら、クンクン、クンクン鳴いて止まらないの。

きっと手紙が書きたかったんだ。

それで、ぼくと河原さんのおばさんとで、こんな手紙を書きました。

ぼくはいま、中学生です。がんばって勉《べん》強《きょう》して、将来は、動物の介《かい》護《ご》士《し》さんになりたいと思っています。
では、さよなら。元気をだしてね。

卓也

手紙を読み終わったさやかさんは、外に出た。
山の上にオリオンの三つ星が、輝いている。
その下に、ひときわ輝く星が見えた。
シリウス。
大犬座の白い星だ。

「あっ、ほんとだ。あの星、シロちゃんみたいだ」

(きらきらと光る白い星……そうだ。卓也くんの言うとおりだ。シロは死んでいない。星になってみんなを見守っていてくれているんだ)

しばらく夜空をあおいでいたさやかさんは、だれかの呼ぶ声に、われに返った。

ちらちら、ふりだした雪の向こうから、ご主人が、ひょこひょこと、帰ってくる。

「おーい!」

マフラーにつつんだ何かを、見せながら近づいてくる。

「えっ、なんなの? それ」

「犬だよ。会社の裏《うら》に捨てられていたんだ」

「わあ、大変だあ！」

さやかさんは、腰《こし》が抜けそうになった。

ころころ太った赤ちゃん犬が三匹、かわいい瞳で、さやかさんを見上げていた。

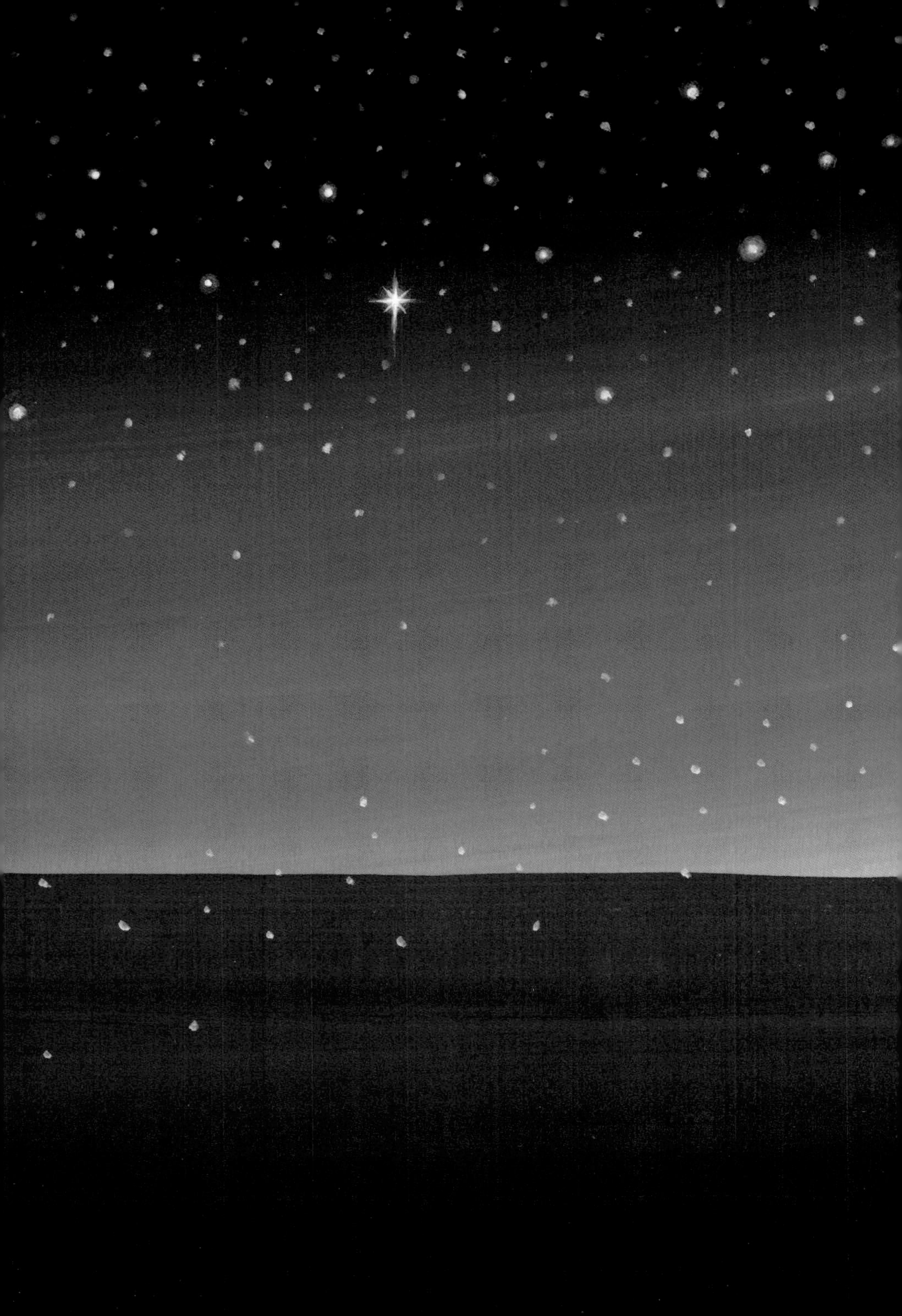

「人間と動物」

葉　祥明

ある時、人間と動物の違《ちが》いは何か？　と問われた。
どこが違うか、何が違うか……僕《ぼく》は一生懸命考えた。
人間にしか出来ないことを、いくつも数えあげた。
そして、人間と動物の差《さ》や違いをはっきりさせようとした。
しかし、そのうち僕は重大なことに気づいた。
人間だけが出来て、動物には出来ないことなど基本的《きほんてき》にはないんだってこと！
知性《ちせい》・心・感情《かんじょう》・精神《せいしん》など、深《ふか》く動物たちのことを知れば知るほど、あらゆる点で動物と人間の間に違いは無く、それはせいぜい程度の差でしかないんだ。

姿と形が違う以外は、おそらくほとんど同じ。

彼らを動物と呼ぶなら、人間も動物で、人を人間と呼ぶなら、彼らも人間と呼んでさしつかえないほどなんだ。

そう言えば、イスラム教のマホメットが、「この世界にいるのは、動物や鳥や魚などはなく、彼らは、空を飛ぶ人間、水中を泳ぐ人間、大地を駆《か》ける人間なのだ」、と言ったと、何かに書いてあったのを以前《いぜん》読んだ。

読んだ時は、意外な気がしたけれど、今、僕は、「動物は動物ではなく、人間だ！」と考えおよぶに到《いた》ったことで、マホメットの言わんとしたところのことが、とても納得《なっとく》できるようになった。

そして、少年時代から、動物たちに感じていた親近感《しんきんかん》や愛着《あいちゃく》そして共感《きょうかん》あ

るいは憧《あこが》れの気持ち、彼らの苦しみや、彼らへの人間による虐待《ぎゃくたい》に対する自分の心の痛みの理由が、分かったような気もした。

古代《こだい》から、現代《げんだい》に到る、人間の、彼らに対する仕打《しう》ちは、非道《ひどう》なものだ。

彼らから、人間の文明を見たら、迫害《はくがい》の歴史以外《れきしいがい》の何ものでもない。

とりわけ、近代《きんだい》になってからの、動物生体実験ほど、おぞましいものはないと言えるだろう。アウシュビッツ＝ホロコーストは、僕にとって、一生を通して考え続けているテーマだけれど、当時、ヨーロッパ大陸《たいりく》にいたユダヤの人々は、ユダヤ人、というだけで、様々《さまざま》な迫害に遭《あ》ったものだ。

彼らは同じ人間なのに、人種《じんしゅ》が違うということだけで、ゲットーに閉《と》じ込められ、人間として扱《あつか》われず、想像《そうぞう》を絶《ぜっ》する苦しみを味《あじ》わってきた。

僕は、当時《とうじ》、自分がポーランドに住んでいたとしたら、ユダヤ人だったら、あるいはポーランド人だったら、どうなっていただろう？　どうしただろう？　と考え続けていた。

そして、思った。

今、かつてのユダヤ人のような立場《たちば》に置《お》かれているのは、誰《だれ》だろう？　と。

そして、思い当たった。それは、動物たちだと。

彼らこそ、動物であるという理由《りゆう》だけで捕《とら》えられ、狩《か》り立てられ、傷つけられ、殺され、そして、かつてのアウシュビッツのような施設に閉じこめられて、同じように、生体実験をされている。

僕は――かつて、人類《じんるい》がホロコーストを止められなかったことに、人間として良心の痛みを憶《おぼ》えている。

世界中の心ある人々に告《つ》げたい。

今も世界中にアウシュビッツは無数《むすう》にあり、動物と呼ばれる我々《われわれ》の兄弟たちが世界中で苦しんでいます。

実験犬シロのねがい

どうぞ、彼らの苦しみを知って下さい！

彼らを苦しみから、救い出して下さい！

それこそが、人類の愛であり、ホロコーストという悲痛な歴史から、僕たちが学ぶべきことではないだろうか！

ずさんな動物実験の実《じっ》態《たい》をあばき
犬猫の実験払い下げを廃《はい》止《し》させた
シロの事件をふりかえって

NPO法人 地球生物会議(ALIVE)

野上ふさ子

A L I V E

All Life In a Viable Environment

飼い主に捨てられ、保健所や動物管理事務所などに引き取られた犬や猫はどうなるのでしょうか。実《じつ》は、こっそりと動物実験用に渡《わた》されていたという事実は、これまでほとんど人に知られることがありませんでした。何十年《なんじゅうねん》もの間《あいだ》、全国の都道府県《とどうふけん》で行なわれてきたこの悪習《あくしゅう》を大きく変えさせたのが、一九九〇年の十二月におこった「シロ」をめぐるできごとです。

■シロの保護——雑種の中型犬、シロは、飼い主に虐待され、捨てられ、動物管理事務所に収容された時はまだ一歳くらいでした。管理事務所で犬たちを待ち受けていたのはガス室での殺処分か、さもなければ動物実験への払い下げでした。シロは、若くておとなしい犬だったために、数《すう》日後《じつご》に東京都内《とない》の国立病院に実験用に払い下げられ、すぐに脊髄神経を切断するという、とてもつらい手術を受けました。

この実験施設では、犬たちは手術の後、どんな手当てもしてもらえませんでした。シロが手術後、傷口が化膿《かのう》し、下半身に膿《うみ》がたまっていても、手術した医者たちは見にも来ませんでした。手術で体力が衰《おとろ》えている上に、疥癬《かいせん》という皮膚病に感染し、全身の毛が抜け落《お》ち、とうとうこのまま放置《ほうち》されれば、死んでしまう寸前《すんぜん》にまでになってしまいました。シロを緊急《きんきゅう》保護して運んだ動物病院の獣医さんには、「これはひどい! 安楽死させた方がいいのでは…」と言われました。

でも、シロは、さやかさんたちの献身的《けんしんてき》な世話によって、命を取り留《と》めました。

かわいそうなシロの姿は、いくつものテレビ番組で放映され、新聞や雑誌も大きく取り上げました。私たちが国立病院に対して動物実験の廃止《はいし》を求《もと》める署名《しょめい》を呼びかけたところ、一ケ月半で一万名も集まり、たくさんの激励《げきれい》が寄《よ》せられました。また、同《どう》病院へは全国から抗議《こうぎ》の電話と手紙が殺到《さっとう》したとのことです。

■払い下げの廃止へ――シロはなぜこんな目にあわされたのでしょうか。もし飼い主がシロを大切にしてくれていれば、動物管理事務所などに持ち込まれるはずがありません。また、管理事務所がもういちど新しい飼い主探しをしてくれていれば、実験に回されることもなかったかもしれません。けれども、長い間、保健所や管理事務所では、新しい飼い主が見つかりやすい健康で人なつこい犬や猫はみんな実験に提供《ていきょう》してきたために、新しい飼い主探しが必要だとは考《かんが》えたこともありませんでした。また、実験者達もいくらでも簡単《かんたん》に犬や猫が入手できたため、手先の訓練や好奇心《こうきしん》を満《み》たすためだけの実験などで、動物の命を使い捨てにしていたのです。

東京都ではこの当時《とうじ》、三十もの医学系大学《いがくけいだいがく》や製薬会社《せいやくがいしゃ》などに毎年二千頭以上の犬と猫を実験用に渡していました。

そこで私たちはまず、都に対《たい》して、シロを渡した国立病院の施設を立ち入り調査《ちょうさ》すること、それから都が払い下げをしているすべての施設についても実態を調査の上、直《ただ》ちに実験払い下げをやめることを求めました。この調査の中で、ずさんな施設の実態がいろいろと明るみに出て、東京都は同病院への払い下げは即時《そくじ》廃止し、また同時に払い下げ自体を廃止していくことを約束《やくそく》してくれました。

私たちはこの事件をきっかけに、人々に動物を捨てないように訴《うった》えると同時に、実験払い下げを続けている道府県《どうふけん》に廃止を求める活動《かつどう》を進《すす》めました。シロの事件があった一九九〇年（平成二年）当時は、約《やく》百万頭もの犬と猫が飼い主に捨てられ、行政《ぎょうせい》の施設で殺処分されています。それから十年後の二〇〇〇年（平成十二年）には、殺処分数は五十数万頭に減少《げんしょう》し、実験に回される犬と猫の数は一万頭まで減少しました。そしてとうとう、二〇〇五年（平成十七年）度を最後に、実験への払い下げは、ゼロになりました。これは大変大きなできごとでした。また、私たちの会の調《しら》べでは、二〇一〇年（平成二十二年）には、飼い主に見捨てられ殺処分されている犬と猫の数は、約二十一万頭となり、二十年間で約五分の一まで減少したのです。

■実験室の閉鎖《へいさ》へ——国立病院から保護した犬の中に、メリーというビーグル犬がいました。ペットだったシロとはちがい、メリーは最初《さいしょ》から実験に使われるために、実験施設で繁殖させられた犬です。一歳になるかならない頃、製薬会社で医薬品の毒性《どくせい》を調べる試験に使われました。毒物に苦しめられ、なんとかうち勝《か》って生き延《の》びたというのに、今度は、外科《げか》手術の実験台にされるために、この病院に送られてきたのです。

　メリーも、シロと同じく脊椎《せきつい》の切断手術を受けていました。けれども、実験をした医師が間もなく転勤したために、実験したことさえ忘れられ、五年間も施設の小さなケージの中に入れられたままでした。飼い主の愛情も世話も受けたことがないメリーは、いつまたひどい目にあわされるのではないかと脅《おび》えるばかりの、とても悲しい目をした犬でした。

私たちは、国（厚生省／現・厚生労働省）に動物実験の現場でどんなに動物たちが無慈悲《むじひ》に取り扱《あつか》われているか、そしてそのような実験が研究者たちのモラルを退廃《たいはい》させ、また税金《ぜいきん》を浪費《ろうひ》するばかりであるかを訴えました。実際、この国立病院は、十年以上も前からずさんな実験のあり方が新聞で報道《ほうどう》されるほど、近隣《きんりん》の人々や患者《かんじゃ》たちの批判《ひはん》を浴《あ》びていながら、何の改善《かいぜん》も行っていなかったのです。

シロの事件が起こるまでの十年間に二百頭以上の犬が実験に使われていましたが、五年前からは研究論文《ろんぶん》もなく、報告書《ほうこくしょ》さえ出されていませんでした。

とうとう、国はこの病院での動物実験に対する補助金《ほじょきん》をうち切り、この実験施設での研究は「終了」となり、施設も閉鎖されました。シロやメリーは、払い下げの廃止ばかりでなく、密室《みっしつ》の中で行なわれる動物実験自体の無益《むえき》さ、残酷《ざんこく》さを社会に問《と》いかけたのです。

いのちの重みをこれほど蔑《ないがし》ろにする病院のお医者さんに、皆さんは診《み》てもらいたいと思いますか？

■シロたちからのメッセージ――瀕死《ひんし》の状態で保護されたシロは、さやかさんたちのあたたかい世話を受け、健康を回復《かいふく》することができました。実験の後遺症《こういしょう》は残《のこ》ったものの、ふさふさと白い毛がはえ、見違《みちが》えるように愛らしい犬になりました。

そして、田舎の自然の中でようやく安心して幸せに暮らせることになったとき、思いもよらず、不慮《ふりょ》の事故で死亡《しぼう》しました。十二月二十四日、クリスマスイヴの夜でした。

シロは実験室から生還《せいかん》してわずか一年しか生きることはできませんでした。推定年齢《すいていねんれい》わずか二歳の短い一生です。けれども、シロの存在は、毎年何万頭と払い下げられてきた犬や猫たちを実験の苦しみから救い出す大きな力となりました。このことは、日本の犬や猫たちをめぐる歴史の中で、忘れられない大きなできごとの一つであるにちがいありません。シロはきっと、そのために役目をもって生まれた犬だったと思います。

メリーもまたやさしい飼い主に引き取られ、実験の後遺症に苦しんだものの、家族のもとでおだやかに暮《く》らし、一九九九年三月に推定十六歳で亡くなりました。

こうしている今もなお、シロやメリーのような動物たちが毎年何万となく、実験室の中でつら

ALIVE
All Life In a Viable Environment

い苦しい目にあわされています。日本には、残酷で無意味《むいみ》な動物実験を監視《かんし》して止《や》めさせることのできる仕組《しく》みが、まだ何もありません。声のない動物たちの訴えに耳を傾《かたむ》けてみましょう。そうすれば、これから私たちが何をしたらいいか、きっとわかると思います。

★シロを取り上げた本
石坂啓『闇の中の動物たち』(週刊「ヤングジャンプ」掲載、単行本『新友録』収載、集英社)
野上ふさ子『動物実験を考える』(三一新書)
井上夕香・文/葉祥明・絵『星空のシロ』(国土社)
井上夕香・文/高見さちこ・マンガ『シロと歩いた道』「フォアミセス」(秋田書店)

■実験に使われる動物たち——日本は、欧米諸国《おうべいしょこく》とは異《こと》なり、動物実験を規制《きせい》するどんな法律《ほうりつ》もない国です。そのためにどんな施設で、どんな種類の動物が何匹、どんな実験に使われるかさえ、まったく実態がわからないのです。実験動物たちにとっては日本は「暗黒《あんこく》の国」と言ってもいいかもしれません。改正《かいせい》された「動物の愛護及《およ》び管理に関《かん》する法律」の中でも、動物実験施設や実験業者は届け出から外されています。

■犬・猫の処分数について——飼い主に持ち込まれたり、捨てられたり、迷子《まいご》になるなどして行政に収容された犬と猫の殺処分の数について、当時の国の統計よりも正確かつ詳細な実態を把握するため、私たちの会では一九九七年（平成九年）から二〇一三年（平成二十五年）まで、動物行政を受け持つ全国の自治体にアンケート調査を行ない、調査結果をもとに提言《ていげん》をしてきました。

また、「迷子の犬を家に帰そうプロジェクト」（迷子や逸走《いっそう》により行政に収容される犬の返還率《へんかんりつ》の向上、所有者明示《しょゆうしゃめいじ》の重要性を普及啓発《ふきゅうけいはつ》することなどを目的とする事業）の一環《いっかん》として二〇一六年（平成二十八年）度分の調査を行なったところ、殺処分となった犬は約一万一千頭、猫は約五万頭でした。行政職員、愛護団体やボランティアの尽力によって多くの犬や猫の命がつながれるようになっていますが、その負担は大きいといいます。

■犬猫の実験払い下げはなくなったけれど——犬や猫を実験に回さないでほしいと訴えてきた全国の人々の願いが行政を動かし、実験払い下げは二〇〇五年（平成一七年）度を最後に、ゼロになりました！

ALIVE
All Life In a Viable Environment

しかし、今でもたくさんの動物たちが実験に使われています。動物実験はシロやメリーがいたような病院の研究施設や製薬会社だけではなく、化粧品や日用品をつくる会社、学校や大学といった教育現場など、あらゆる分野で行なわれています。これらの動物実験に代わる方法（代替法《だいたいほう》）を利用することや、私たちが消費者として動物実験をしていない商品を選ぶことでも多くの動物たちが救われます。

また、行政殺処分は犬や猫だけではありません。行政収容数を減らすためには、飼い主が繁殖《はんしょく》制限《せいげん》をしたり迷子にしないように気を付けたりして、終生《しゅうせい》、適切《てきせつ》に飼育すること、ペットを迎える前に飼育の方法や費用を調べて無理に飼わないこと、できる限り動物愛護団体などから迎える選択《せんたく》をすることなどが考えられます。

実験払い下げはなくなりましたが、まだまだたくさんの動物たちが犠牲《ぎせい》になっていることを忘れず、動物たちのためにできることを考えていく必要があります。

（※本稿は、野上ふさ子前代表の寄稿をベースに現状を反映した数値と解説を入れて編集しています。）

環境省・厚生労働省統計より作成（引き取り犬猫のうち実験払い下げ数）

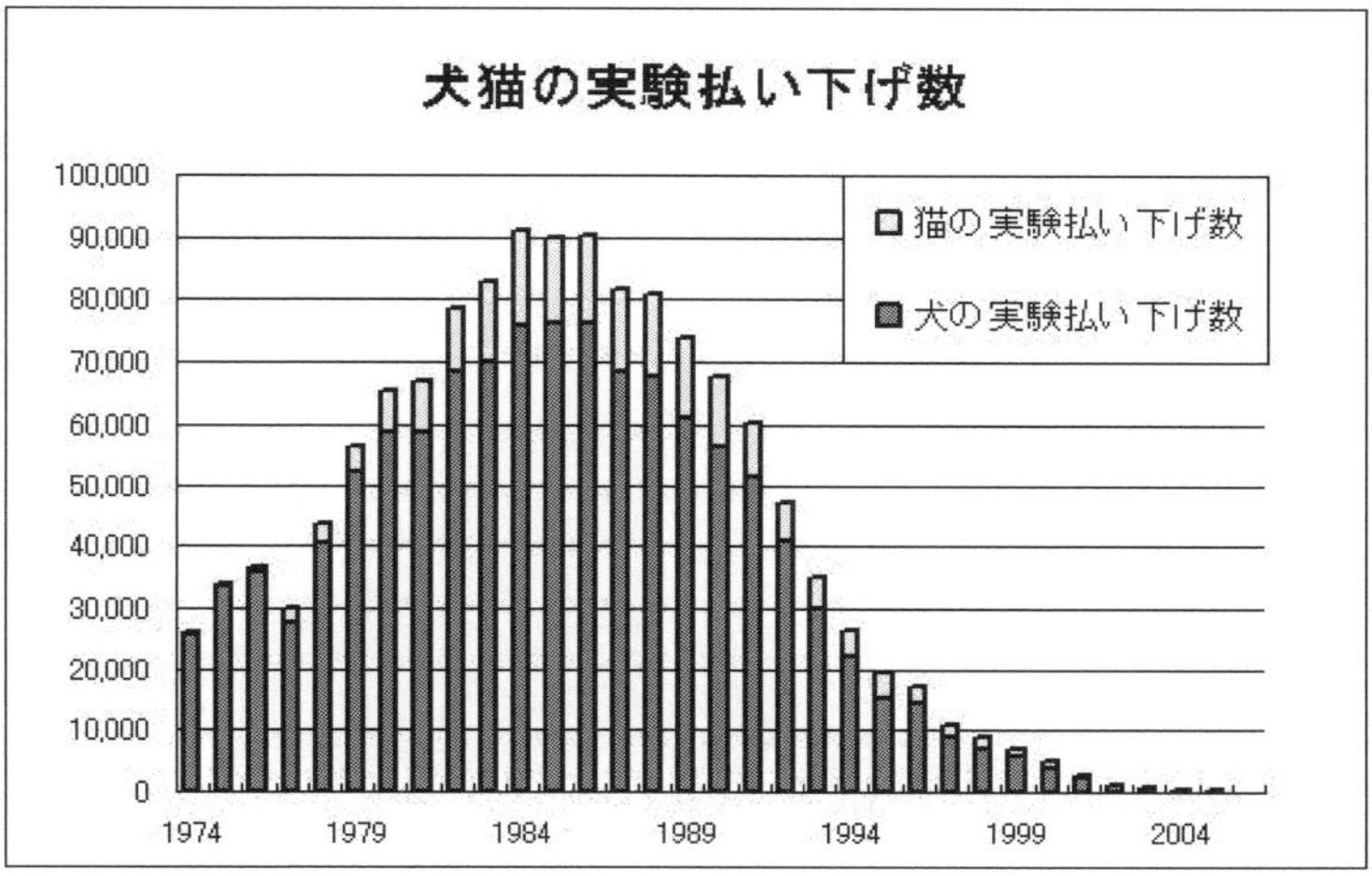

環境省・厚生労働省統計（2004年度以降は環境省統計のみ）より作成（引き取り犬猫＋捕獲犬の数）

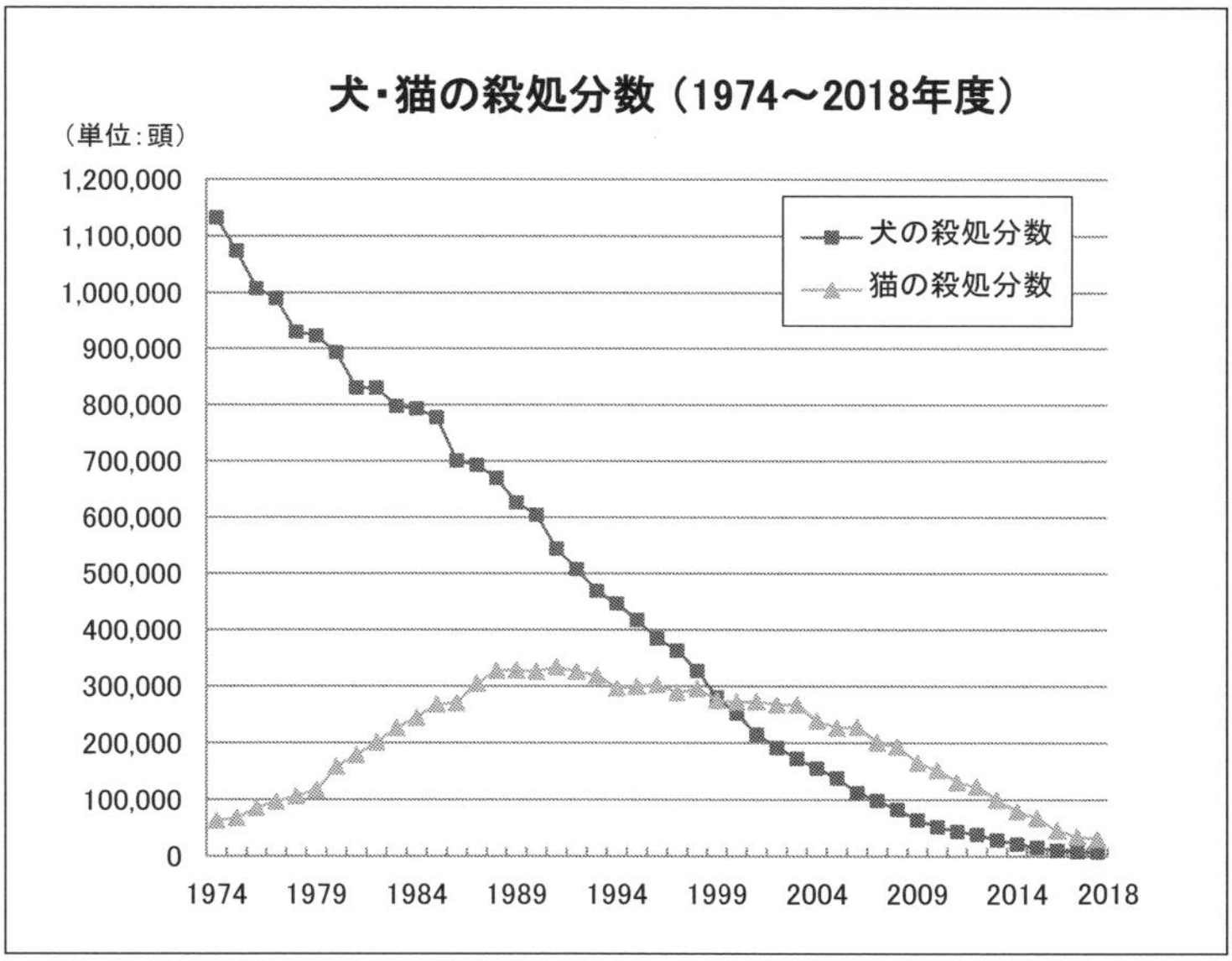

さく
井上《いのうえ》夕香《ゆうか》

東京都生まれ。１９７５年『ハムスター物語』で毎日新聞児童小説新人賞に入選。１９９２年『魔女の子モッチ』（学習研究社）で、小川未明文学賞優秀賞、『星空のシロ』（国土社）で、けんぶち絵本の里びばからす賞、青少年読書感想画コンクール優秀賞１位。『実験犬シロのねがい』２０１１年度青少年読書感想文全国コンクール毎日新聞社賞。
おもな作品に『老犬クータ命あるかぎり』（ハート出版）、『わたし獣医になります！』（ポプラ社）、『ばっちゃん』『ハナンのヒツジが生まれたよ』（小学館）、『み～なそろって学校へ行きたい！』（晶文社）、『イスラーム魅惑の国ヨルダン』（梨の木舎）、『ムナのふしぎ時間』（KADOKAWA）、『六時の鐘が鳴ったとき』『ふしぎ猫ナズレの冒険クルーズ』『ちびだこハッポンの海』（てらいんく）、『学校へ行きたい！』（秋田書店漫画化、携帯書籍）、ほか『シロと歩いた道』など漫画化されたノンフィクションも多い。

画家
葉《よう》祥明《しょうめい》

熊本県生まれ。１９９０年「風とひょう」でボローニャ国際児童図書展グラフィックス賞受賞。９６年「難民を助ける会」の地雷撤去キャンペーンに参加。キャンペーン絵本「サニーのおねがい　地雷ではなく花をください」を出版。翌年「サニーカンボジアへ　続・地雷ではなく花をください」、ほかに、「あいのほし」「イルカの星」「ひかりの世界」「心に響く声」「静けさの中で　マザーテレサへの手紙」など多数の作品がある。神奈川県北鎌倉に、葉祥明美術館（ＴＥＬ〇四六七-二四-四八六〇）がある。

協力
野上《のがみ》ふさ子《ふさこ》

ＮＰＯ法人　地球生物会議（ＡＬＩＶＥ）創設者。
ＮＰＯ法人　地球生物会議（ＡＬＩＶＥ）
一六〇-〇〇〇八　東京都新宿区三栄町六
オグラビル二〇三号室

協力
杉坂《すぎさか》ゆかり《ゆかり》

ヘルプアニマルズ
http://www.helpanimals-japan.org/
動物実験や毛皮、ペットショップや動物園・水族館の裏側で、動物に対して行われている行為を一人でも多くの人に知ってほしく、ＨＰから発信している。

実験犬シロのねがい〈新装版〉

令和二年　十二月十五日　第一刷発行

この作品は２０１２年９月当社より刊行された
『ハンカチぶんこ実験犬シロのねがい』を一部加筆修正の上、
リサイズ編集したものです。

著　者　井上夕香
発行者　日髙裕明
発行所　ハート出版
〒一七一-〇〇一四　東京都豊島区池袋三-九-二三
〇三-三五九〇-六〇七七

ISBN978-4-8024-0110-4 C8093

印刷・製本／中央精版印刷　編集担当／佐々木、日髙